École Senway

DU MÊME AUTEUR

Le Surhumain : Face aux Licans
(2017)

Le Surhumain : Face à l'Hybride
(2018)

Le Manoir aux Pralines
(2022)

Myriam **DHUPAR**

École Senway

À toi Éric mon premier livre,

Promesse tenue

Jour 0

Mardi 9 décembre 2014

Prestigieuse École Senway

Quelque part dans l'État du Maine

Bien avant que je n'arrive ici, ma vie ne ressemblait déjà pas à grand-chose. Mais là c'est le paroxysme du pire. Il n'y a que la douleur qui irradie dans chacun de mes muscles (est-ce possible qu'il y en ait autant dans un mètre soixante-huit ?) et surtout dans ma tête. J'ai l'impression qu'un train m'est passé dessus. Je force mes yeux à s'ouvrir et j'y parviens avec grand peine. Tout est flou. M'a-t-on droguée ? Ça m'a l'air plus que probable.

Je fais mine de porter la main à ma tête, histoire de constater les dégâts, mais mon bras est retenu.

Merde.

Ma respiration s'accélère d'un coup. Ce n'est pas normal du tout. Je comprends que je suis attachée. Tout tourne autour de moi, si bien que je ne vois pas où je me trouve. La nausée m'envahit. J'ai intérêt à me calmer et tout de suite. Alors, je m'applique à respirer plus lentement. Au bout de quelques secondes, je tente de bouger les jambes.

Impossible aussi.

Je remets ma tête droite, prends plusieurs inspirations comme n'importe qui m'aurait conseillé de faire, et ouvre les yeux avec plus de facilité cette fois. Et ce que je vois me laisse perplexe. Mon malaise s'intensifie : mais qu'est-ce que je fous dans un endroit pareil ?

Pile en face de moi se tient un grand bureau en acajou avec tout un tas de paperasse, une lampe, une boîte pleine de stylos et une règle en métal. Le fauteuil derrière fait plus penser à un trône qu'à autre chose. Je m'autorise à regarder alentour. Les murs sont tapissés de beige, du moins le supposé-je étant donné le peu de lumière dans la pièce. Des cadres ornent ces derniers, en passant par des photos de famille aux diplômes obtenus dans les universités les plus renommées du pays.

Je fronce les sourcils. Dans quoi est-ce que je suis tombée ?

- Mademoiselle Pikes !

La voix, qui vient de derrière moi sur la droite, me fait sursauter. Cette voix d'homme m'est totalement inconnue. J'entends battre mon cœur dans mes tempes de plus en plus vite ; cette personne me connaît puisqu'il m'a appelée par mon nom !

- Qui êtes-vous ? osé-je demander.
- Je m'appelle Hadrien Sweets. Bien que vous ne les voyiez pas encore, sont avec moi Messieurs Murray et Gresson.
- Où est-ce que je suis ?
- Excellente question, répond l'un des deux autres. Vous êtes dans l'école la plus réputée de tout le pays. L'école Senway.

Il vient d'annoncer ça d'un ton si solennel que mon sourcil s'est soulevé. J'ai déjà entendu parler de cette école, réservée à l'élite, au taux de réussite frôlant les 100%. Mais je ne connais personne dans mon entourage qui en a été diplômé.

Ça ne me dit pourtant pas ce que je fais ici.

- L'école Senway ? répété-je alors brillamment.

Ils vont être épatés par mon intelligence.

- Celle-là même, acquiesce M. Sweets.

Je ferme les yeux afin de digérer l'information. Je suis attachée comme une vulgaire prisonnière dans une école ? Qui plus est, l'école la plus réputée des États-Unis ? C'est complètement absurde.

Tout étudiant américain qui se respecte a forcément rêvé de faire ses études ici. Mais de là à s'y retrouver contre sa volonté...

Alors que je m'apprête à poser des questions sur le but de tout ceci, les trois hommes apparaissent dans mon champ de vision. Celui du milieu prend la parole.

- Permettez-moi, Mademoiselle Pikes, de nous présenter avec plus de précision. À ma droite, M. Murray, responsable de la sécurité de notre école. À ma gauche, M. Gresson, éminent professeur de mathématiques. Et moi-même, directeur de l'école.

Je ne peux m'empêcher de les regarder à la dérobée. Ils ont tous l'air si jeunes ! Tous les trois arborent des cheveux bruns et portent un costume noir. On enterre quelqu'un ou quoi ?

Le directeur et le responsable de la sécurité ont les cheveux coupés courts, le teint clair, et sont rasés de près. En parfaite opposition au professeur de maths qui laisse ses cheveux bouclés pousser en bataille jusqu'à sa nuque, un teint hâlé qui trahit des origines latines, et une barbe d'au moins deux jours. Un frisson d'horreur me parcourt. Ces trois hommes à l'air gentil et à la beauté certaine m'ont kidnappée ! Je me force une fois de plus au calme, à maîtriser les battements affolés, apeurés de mon cœur. La panique ne m'aidera certainement pas à me sortir de ce bordel.

- Qu'est-ce que je fais là ? questionné-je, surprise par l'impassibilité de ma voix.

Ma demande, pourtant légitime, fait rire M. Sweets qui lâche sa réponse comme si c'était une évidence pour tout le monde :

- Vous êtes là pour étudier, bien sûr !
- Pour étudier ? Je ne suis pas sûre de bien comprendre. Je suis diplômée, j'ai un métier. Je suis traductrice, pas étudiante.

Les visages des acolytes de M. Sweets restent de marbre. Et mon objection ne semble pas le décourager puisqu'il réplique :

- Nous parlerons de cela plus tard. Vous êtes mon invitée et à cette heure tardive, il serait temps de vous reposer pour affronter la journée de demain. M. Gresson va vous indiquer votre chambre.
- Puis-je au moins passer un coup de fil ? contre-attaqué-je.

Comme si j'étais retenue en garde à vue.

- Oh, nous n'avons aucun contact avec l'extérieur, rétorque M. Murray avec un sourire perfide.
- Nous avons déjà informé votre famille et votre fiancé (il avait mis un accent terrible sur ce dernier mot qui ne me plaît pas du tout) de la situation, n'ayez crainte.

Sans me quitter des yeux, le directeur claque des doigts, ordonnant au responsable de la sécurité d'agir. Immédiatement, il s'approche de moi. Sa carrure immense me paraît soudain démesurée. La peur me tort le ventre.

Va-t-il me brutaliser ?

Contre toute attente, il me détache de la chaise puis m'aide à me relever. Une fois debout, je serais tombée s'il ne m'avait pas retenue par le bras. Mes jambes ne sont pas plus solides que du coton. Je déglutis avec peine lorsque mes yeux aperçoivent les traînées de sang sur mes avant-bras. Avant que j'aie le temps d'ouvrir la bouche, M. Murray me menotte les poignets dans le dos, me mettant face à l'angle de la pièce qui m'était caché jusque-là.

Mon cerveau enregistre alors deux choses : 1) à travers les fenêtres, je vois qu'il fait nuit ; 2) la porte est gardée de l'intérieur par quatre agents de sécurité.

Quatre ?!

Une fois menottée, on me conduit jusqu'à ladite porte, suivie de près par Messieurs Gresson et Murray.

- Ah, une dernière chose, Mademoiselle Pikes ! intervient M. Sweets tandis que je me retourne. Il est inutile de vous dire qu'il est impossible de partir d'ici. Mes agents sont postés absolument partout afin d'assurer votre sécurité, de même que celle des étudiants et des professeurs. Passez une bonne nuit.

Je meurs d'envie de faire une réplique cinglante mais je n'en ai pas le temps. Mes hôtes et moi-même passons déjà la porte.

Une fois dans le couloir, je me permets de tout observer autour de moi, ignorant du mieux que je le peux la douleur dans ma tête. Les murs sont peints en vert anis, apportant de l'entrain à ces couloirs trop longs. Cette fois-ci, pas de tableaux ni de diplômes sur les murs. Nous traversons ce long couloir débouchant sur l'extérieur. Le froid s'infiltre dans chaque partie de mon corps meurtri. Je frissonne. Mes yeux doivent s'accommoder à l'obscurité de la nuit pendant que mon esprit ne cesse de s'interroger. À croire qu'il a entendu mes pensées, car M. Gresson, se prenant pour le guide de cette visite improvisée, déclare :

- Ce bâtiment est celui de l'administration. Nous avons un bâtiment pour les chambres des résidents.
- Les résidents ? le reprends-je. C'est donc un internat ?
- Tout à fait.

Machinalement, je hoche la tête tandis que nous marchons sur le chemin de béton menant vers un autre bâtiment. Tout a l'air si grand ! Et curieusement si vide.

Où sont lesdits résidents ? Les étudiants, les autres professeurs, le personnel ? Intriguée, terrorisée, je regarde partout autour de moi. Difficile cependant d'y voir grand-chose en pleine nuit et les quelques lampadaires disséminés sur le chemin éclairent si faiblement qu'on ne distingue rien à plus de dix mètres.

Enfin, nous pénétrons à l'abri du froid et je me retrouve dans un couloir baigné de lumière. Je plisse les yeux un court instant tout en poursuivant ma route.

Toujours personne. On dirait que l'école tout entière est déserte, qu'elle ne fait office que de décor pour tout ce qu'on s'apprête à me faire. Quoi que ça puisse être.

D'innombrables portes surgissent à ma vue mais nous ne nous arrêtons à aucune d'elles. Arrivés devant une double porte en métal, je comprends que nous allons prendre l'ascenseur. Nous y entrons tous les trois puis M. Gresson appuie sur le bouton 11. Je fixe les numéros sur la plaque métallique : plus de quinze étages !

Tout se déroule en silence jusqu'à ce que nous soyons arrivés à destination. Une porte en bois peinte en bleu ciel, portant les chiffres 1109 s'élève devant nous. M. Murray insère la clé dans la serrure et la porte s'ouvre d'une légère poussée invisible.

Néanmoins, aucun de nous n'esquisse le moindre mouvement. M. Murray s'adresse au professeur :

- Vous savez ce qu'il vous reste à faire. Bonne nuit.

Pas un regard dans ma direction, je n'existe tout simplement pas. M. Gresson ne prend pas la peine de lui répondre et m'intime à entrer. Je reste muette de surprise quand je découvre la chambre qu'on m'a imposée. Splendide, luxueuse, chaleureuse… Les murs ont une teinte saumon, le sol – recouvert d'une moquette d'une douceur incroyable, je n'en doute pas – est d'un blanc immaculé. Tout à droite, trône un immense lit à barreaux peints en blancs et aux draps assortis. Les meubles ont été choisis au goût du jour : contemporains, blanc laqué, pratiques. Tout dans cette chambre forme un ensemble harmonieux, pensé dans les moindres détails pour le « résident ».

- Vous avez une salle de bains attenante, annonce M. Gresson sans se rendre compte de mon sursaut. Souhaitez-vous boire quelque chose ?
- Non, merci, réponds-je après m'être assise sur le lit.

Je crève de soif mais je n'admettrai certainement pas ma faiblesse.

- Bien. Vous trouverez, sur la table de nuit, la liste des cours auxquels vous assisterez demain.

Je ne dis rien durant un moment. Il ne cesse de me dévisager et ses yeux couleur chocolat me mettent mal à l'aise. Je me décide à prendre la parole :

- Pourquoi faites-vous ça ?
- Je ne suis pas autorisé à en parler, déclare-t-il en me rejoignant sur le lit, les bras croisés. Comment vous appelez-vous ? s'enquiert-il après un silence.
- Je pense quand même avoir le droit de savoir ce qu'on attend de moi.

Ses traits, pendant un instant fugace, trahissent l'impatience mais il se reprend vite. Ses yeux qui, jusqu'à maintenant dénués d'expression, finissent par se réchauffer d'une douce empathie. Il baisse la tête, comme si la culpabilité pesait trop lourd sur ses frêles épaules. J'ai un pincement au cœur que je ne comprends pas.

Peut-être ce professeur est-il simplement un pion dans un échiquier bien trop grand ? Qu'il obéit aux ordres par peur de perdre son emploi ?

Je prends une inspiration et, ne pouvant observer autre chose que ses cheveux brillants, je confie :

- Cornelia. Et vous ?
- David, répond-il à voix basse.
- Oh, David ? Comme...
- Votre fiancé ? finit-il à ma place.

J'acquiesce sans un mot. Une tristesse sans nom apparaît dans ses yeux marron et sur son visage aux traits doux, intelligents. Sans crier gare, il se lève d'un bond – quelle mouche l'a piqué ? – et se dirige vers la porte.

- M. Murray viendra vous chercher demain matin, à huit heures trente. Reposez-vous, Cornelia. Il serait vain et inutile de tenter de rentrer chez vous.

Je n'ai pas le temps de protester. David sort de la chambre (dont la porte – je viens de le remarquer – était restée entrouverte) et la verrouille. Mon regard s'arrête sur cette dernière... L'horreur me gagne tout entière lorsque je comprends que je n'ai aucun moyen de sortir de ma nouvelle prison dorée.

Aucune poignée. Aucun trou de serrure.

Résignée, je m'allonge sur le lit et me perds en de profondes réflexions. La première étape serait déjà d'évoquer mes derniers souvenirs. De quoi est-ce que je me souviens ?

Je plisse les paupières. Je rentrais du bureau. Je me rappelle avoir dû traduire un texte français d'une complexité fastidieuse et, de ce fait, j'avais quitté tard les locaux de Mass & Chussets, l'éditeur pour lequel je travaille. Mais ensuite ?

Je m'apprêtais à rejoindre David, mon fiancé, chez nous. Mais... je n'y suis jamais arrivée. Il s'est passé quelque chose en chemin. En ce mois de décembre, les rues de Boston sont très froides en soirée, bien qu'il n'ait pas encore neigé. Oui, ça, je m'en souviens. Comment me suis-je retrouvée inconsciente dans le bâtiment administratif de l'école Senway, à pratiquement quatre cents kilomètres de chez moi ?

Je pousse un soupir, je n'arriverai à rien. J'ai beau essayer, mon cerveau ne semble pas vouloir coopérer pour me rendre la mémoire. Je me sens totalement démunie. La chambre dans laquelle je me trouve n'offre aucune échappatoire. Pas de fenêtre, une porte verrouillée seulement de l'extérieur et solide. L'unique point positif, c'est que je ne suis plus attachée. Et si j'essayais de crier au secours ?

-   À l'aide !

Pendant une bonne minute, je hurle à m'en déchirer les cordes vocales. Seul le silence inquiétant de la chambre me répond. Epuisée, je fonds en larmes. Mais que me veut-on, à la fin ?

Rien ne sert de s'apitoyer, toutefois. Je me redresse et décide de profiter du confort qu'on a bien voulu me céder. Une douche me paraît la meilleure option dans l'immédiat. J'entre dans la salle de bains sur la pointe des pieds (comme si je risquais de réveiller quelqu'un) et suis à nouveau impressionnée par tant de beauté. La pièce entière est carrelée de bleu et blanc, donnant une impression d'évoluer dans d'apaisants fonds marins. Une douche ultra-moderne s'élève dans le coin gauche, alors qu'en face de l'entrée est accroché un miroir surplombant un lavabo design.

Mon reflet me fait l'effet d'un coup de massue. Je n'ai jamais été aussi blanche. Mes cheveux, d'ordinaire bouclés, sont hérissés. Mon visage est maculé de traînées de sang séché, de même que dans mon cou et sur mes bras. Ma tête me fait tellement souffrir... La fatigue me submerge d'un coup, pourquoi lutter ?

Je me déshabille et entre dans la cabine de verre, fais couler l'eau chaude et ne bouge plus durant une bonne dizaine de minutes.

Une fois revenue dans la chambre, emmitouflée dans un peignoir de soie trouvé sur un crochet, je constate que je n'ai pas de quoi m'habiller. S'attendent-ils à ce que je reste toute nue ? Certainement pas ! J'entame donc une fouille dans les meubles. Je trouve des sous-vêtements dans la commode, des vêtements chauds dans l'armoire. Et le tout à ma taille. Je fronce les sourcils. Il semblerait que tout était prévu pour mon arrivée ici.

Aucune importance.

J'enfile les sous-vêtements, me rassieds sur le lit. Je jette un œil sur la table de nuit et y vois, en effet, une feuille. Précautionneusement (peut-être allait-elle s'autodétruire ?), je m'en saisis et la lis.

1. Neuf heures jusqu'à dix heures : **méthodologie de la langue américaine** avec M. Foster ;
2. Dix heures jusqu'à douze heures : **culture américaine** avec Mme Graham ;
3. Quatorze heures jusqu'à quinze heures : **mathématiques** avec M. Gresson ;
4. Quinze heures jusqu'à seize heures : **compréhension des langages corporel et facial** avec M. Spencer.

L'enseignement mentionné en fin de journée me laisse perplexe. De quoi est-il vraiment question ? Je ne me souviens pas d'avoir déjà assisté à pareil cours durant mes études. Peut-être que ce sera intéressant. Je repose la feuille à sa place puis me glisse dans les draps frais et doux. Alors, une fois dans l'obscurité qui berce le sommeil, je me mets à pleurer en silence, mon corps tendu par l'angoisse.

Que va-t-il m'arriver ?

1er jour

Mercredi 10 décembre 2014

École Senway

Bâtiment résidentiel, chambre 1109

8h30

M. Murray se présente précisément à l'heure que David m'a annoncée la veille. Il frappe deux coups à la porte. Assise sur le lit, je suis déjà lavée, coiffée et habillée.

- Mademoiselle Pikes ? Êtes-vous prête ?
- Oui.

Il déverrouille la porte et entre dans la chambre. Il ne me jette même pas un regard. Je ne suis qu'une mission qu'il a à accomplir. Il s'empresse de me passer les menottes dans le dos, comme hier. Je ne vois pas David et mon cœur se serre d'appréhension. Je secoue la tête. Je ne le connais même pas et je ne vois pas en quoi mon sort serait plus supportable grâce à lui. Après tout, il fait partie de la bande d'illuminés qui m'a kidnappée.

- Quelque chose ne va pas, Mademoiselle Pikes ? me demande-t-il.
- Parce que ça vous intéresse, maintenant ? rétorqué-je. Si vous étiez à ma place, vous le sauriez.

Il ne dit rien alors je reprends, bien décidée à me faire entendre.

- Vous m'avez enlevée et vous me retenez enchaînée comme si j'étais une criminelle, sans aucune raison ! Et quand je pose des questions, on ne daigne même pas me répondre.
- Souhaitez-vous faire part de votre mécontentement au directeur Sweets ? réplique-t-il, insensible.

Il se moque de moi, là ?

Je me retourne vers lui, sans me soucier s'il avait terminé de boucler les menottes. Les yeux plantés dans les siens, j'attaque :

- Pour quoi faire ? Pour qu'on me passe à tabac afin que je me taise ? Vous n'avez même pas pris la peine de me soigner !
- Ça suffit.

Il n'a pas haussé le ton mais ce dernier n'admet aucune réplique. J'en ai le sang glacé. Une idée désespérée me traverse l'esprit. Si je ne me trompe pas, M. Murray est venu seul et la porte est restée ouverte. Il ne me tient plus les mains. Je suis relativement libre de mes mouvements. Erreur de débutant ou intention inconsciente de m'aider ?

Je ne réfléchis pas. Après une inspiration, je tourne sur moi-même et me mets à courir hors de la chambre. Je ne regarde pas en arrière pour voir à quelle distance il se trouve. Je fonce le long du couloir, aussi vite que mes jambes me le permettent. Je m'attendais à y voir les étudiants en train de discuter, de rire. De vivre comme si de rien n'était. Mais toujours personne. C'en devient inquiétant mais, dans l'immédiat, ça arrange assez mes affaires. Malgré ma faiblesse, ma respiration qui se saccade et ma vue qui se brouille, je ne dévie pas de mon objectif. Apparaît dans mon champ de vision la double porte métallique de l'ascenseur sur laquelle je me rue, pleine d'espoir.

Je ne l'atteindrai jamais. Mes jambes se dérobent sous moi, mon menton heurte violemment le sol en marbre. Je perds connaissance.

École Senway – Salle 326

Cours de méthodologie de la langue américaine

9h13

Lorsque je reprends conscience, je sens un liquide chaud dégouliner sur mon visage. Je veux l'essuyer avec ma main mais, une fois de plus, mon bras est retenu. Hum... coutume courante en ce moment.

Revenue au point de départ, j'ouvre lentement les yeux. Je suis stupéfaite de découvrir autour de moi une salle de classe... pleine ! Les étudiants que je pensais croiser hier et ce matin sont en fait ici. Personne ne me jette de coups d'œil insistants, tout le monde est indifférent. Ça ne m'empêche pas de les observer avec intérêt. Dans une pareille école, j'aurais cru l'uniforme obligatoire. Personne n'en porte. Pour autant, tous les élèves portent une tenue décontractée et élégante à la fois, le noir inexistant de leur garde-robe. Les filles ont des pantalons soit blancs soit violets avec des chemisiers assortis à manches longues ; les garçons sont vêtus de pantalons soit gris soit marron complétés par des chemises blanches. Ce sont des jeunes venant des quatre coins du pays, voire même d'ailleurs dans le monde, et qui forment une assemblée riche en couleurs. Et à cet instant précis, ils sont concentrés.

Comme je le craignais, je suis bel et bien le seul être humain dans cette école de fous à être attachée. Je tente de dire quelque chose, pas un son ne franchit mes lèvres : on m'a bâillonnée ! Pourquoi ?

- Ah ! s'exclame une voix à l'avant de la salle. Mademoiselle Pikes revient parmi nous. Bienvenue dans ma classe. Je suis M. Foster. Aujourd'hui, nous allons nous pencher sur les figures de style présentes dans...

Je n'écoute pas, j'observe. M. Foster est un homme de taille et de corpulence moyennes, arborant une curieuse coupe au bol de cheveux blonds et a le teint hâlé. Je suis assez près pour discerner la couleur océan de ses yeux et les quelques rides qui creusent son front. Dès qu'il ouvre la bouche, ses lèvres découvrent des dents d'un blanc éclatant. Il continue son cours, les étudiants notent fébrilement sur leur bloc-notes aux pages jaunes, immortalisant les paroles de leur professeur.

La sonnerie finit par retentir et annoncer dix heures. Les étudiants quittent leurs places, sans même me regarder. Je suis de plus en plus perplexe. C'est comme si, aux yeux des élèves, je n'existais pas. Comme s'ils ne me voyaient pas. Je ne suis pourtant pas invisible et M. Foster m'a bien adressé la parole tout à l'heure...

Je les vois pour la première fois mais ils me fascinent déjà.

Je suis encore attachée à cette foutue chaise quand M. Murray revient à mes côtés. Le professeur nous rejoint et demande au responsable de la sécurité de m'enlever le bâillon afin de pouvoir me parler. De mauvaise grâce, il s'exécute.

- Enchanté de vous rencontrer, Mademoiselle Pikes ! Mon cours vous a-t-il séduite ?

- Je ne vois pas en quoi ce serait le cas, lâché-je sans hésitation. Je suis traductrice. Tout ce dont vous avez parlé aujourd'hui, je l'ai déjà étudié pour exercer mon métier.
- Intéressant, commente M. Foster avant de s'adresser à M. Murray : peut-être n'a-t-elle pas saisi tous les points de mon cours ?

Cette question a l'effet d'un ordre implicite sur mon bourreau. Un frisson de terreur me parcourt quand je distingue sa main en mouvement vers mon visage. J'ai vu venir la suite. La peur me paralyse et je suis incapable d'éviter la gifle phénoménale qu'il m'inflige. Je ne sens même pas ma tête partir sur le côté, encore moins les filets de sang qui s'échappent de ma narine gauche et de ma lèvre. Je réprime avec peine un cri de douleur. Ma joue me brûle terriblement et les mots de M. Foster me parviennent à travers un brouillard.

- Tous les cours vous plairont, Mademoiselle Pikes, avec ou sans votre consentement. Il serait judicieux de ne pas mettre le directeur Sweets en colère, n'est-ce pas ?
- Il ne me fait pas peur ! osé-je encore.

Je sais que j'aurais dû me taire. Mais mes amies m'ont appris à ne pas montrer ma peur. Et c'est précisément ce que je suis en train de faire.

Cette fois, la gifle m'atteint en pleine tempe.

Putain, ça fait un mal de chien !

Ma vue s'obscurcit, je manque de m'évanouir. Je secoue violemment la tête, chassant les étoiles importunes qui me tournent autour et, après quelques secondes, je peux enfin voir.

Enfin, façon de parler. Je ne distingue que les couleurs et à peine les formes, tout est flou. J'ai l'impression d'être myope.

Je sens ce liquide chaud et familier couler à partir de mon arcade gauche et finir son chemin sur mon pauvre menton douloureux.

- Assez, Rob, entends-je de la part du professeur. Je pense que nous ne devrions pas abîmer davantage un si joli visage. D'autant plus que Mademoiselle Pikes doit assister au cours de Lynn.
- Très bien. Je l'emmène.

Le cœur battant, je me laisse faire pour ce nouveau rituel fait de menottes et de couloirs.

École Senway – Salle 247

Cours de culture américaine

10h06

Une nouvelle fois enchaînée à une autre chaise dans une autre salle de cours mais avec le même bâillon, je me décide à être docile. Je dois supporter ce cours pendant deux heures. Mme Graham ne m'accueille pas comme M. Foster. C'est une petite femme un peu ronde et d'âge mûr, dont le visage – rehaussé d'une paire de lunettes à fines montures – transpire la gentillesse et la bonté.

- Bienvenue Mademoiselle Pikes, commence-t-elle. J'espère que vous trouverez mon cours intéressant et inédit. Si jamais vous avez la moindre question, je me ferais un plaisir d'y répondre.

Et comment suis-je censée poser mes questions avec un bâillon dans la bouche ? Néanmoins, son ton me met immédiatement en confiance, j'acquiesce d'un hochement de tête prudent. J'écoute alors son cours avec concentration, faisant abstraction de la douleur qui irradie partout. Le bâillon m'empêche de respirer correctement, je prie pour que cela cesse. Mais la nausée revient. De même que la panique. Et si je m'étouffais dans mon propre vomi ? Des images peu ragoûtantes me viennent à l'esprit.

Et si j'essayais de m'échapper ?

Et comment, abrutie ? Je n'ai qu'à me lever et partir. Ça paraît si simple. Je bouge mes jambes mais la douleur est si forte que les larmes perlent à mes yeux. Je ne peux retenir mon cri qui sort étouffé en grande partie par le bâillon. Malgré moi, ça revêt une connotation sexuelle un peu sadomasochiste.

- Elle a dû faire une sacrée boulette pour être dans cet état, glisse un étudiant de la troisième rangée près des fenêtres.
- Allons, M. Aubrahn, réplique Mme Graham sur le ton de la réprimande, vous tirez des conclusions hâtives.

À ce moment précis, je regrette de ne pas pouvoir me retourner pour voir le visage de ce jeune homme. J'existe, finalement ! On me voit ! Et on aurait dit qu'il était le seul doté d'une conscience et, de surcroît, d'intelligence.

- Alors, elle ne mérite pas ça ? demande-t-il, et je perçois dans sa voix quelque chose que je ne comprends pas — de l'empathie ?

- Oh, bien sûr que si ! rétorque vivement la professeure. Chacun d'entre nous mérite sa place ici.

Tout à coup, cette Mme Graham ne me paraît plus aussi gentille. L'étudiant, pourtant, n'est pas satisfait par cette réponse et questionne encore :

- Dans ce cas, qu'a-t-elle bien pu faire pour mériter ça ?
- Vous connaissez la réponse à cette question, objecte Mme Graham en fronçant les sourcils.

Le fait de délaisser son tableau noir pour parler à son élève a l'air de particulièrement la contrarier.

- Monsieur le directeur vous l'a déjà apportée. Et j'aimerais que vous fassiez ce qu'il vous a ordonné de faire ; c'est-à-dire – au cas où vous l'auriez oublié – faire comme si elle n'était pas là.
- Mais…
- Monsieur Aubrahn, je ne tolérerai pas davantage votre insolence. Ou bien vous obéissez, ou bien M. Murray vous accompagnera dans le bureau du directeur.

L'étudiant ne souffle mot. Je commence à comprendre quel genre d'établissement est cette « prestigieuse école Senway ». Son succès n'est dû qu'à la soumission de ses résidents.

Alors que mes yeux restent écarquillés d'horreur, je me fais la promesse d'échapper à mon sort et de libérer tous les étudiants. Je note dans un coin de ma tête le nom de ce courageux jeune homme.

La sonnerie retentit à douze heures. Tout le monde, à part moi-même et Mme Graham, déserte la salle. Je garde la tête baissée, échafaudant un plan que j'espère payant. La professeure ne daigne pas me regarder et préfère de loin ranger lentement ses affaires dans son sac. Lorsque M. Murray apparaît, il annonce sans préambule :

- Je vous préviens, Lynn, il est hors de question que je lui retire son bâillon !
- Calme-toi, Rob, je ne demande rien de tel. Cette petite est très bien la bouche cousue.

Elle accentue sa phrase par un regard méprisant. Je me suis décidemment bien trompée sur elle... M. Murray se tourne vers moi et déclare :

- Je vous accompagne dans votre chambre et M. Gresson restera avec vous jusqu'au prochain cours. Maintenant, allons-y. Sans faire d'histoires.

Ce que je fais. Au nom de David, mon cœur rate un battement.

Est-ce de l'espoir qui gonfle dans ma poitrine meurtrie ?

Je ne saurais le dire. Mais une chose est certaine : je viens de renoncer à mon plan.

École Senway

Bâtiment résidentiel, chambre 1109

12h05

Je suis si faible que je m'affale sur le lit. David, qui est resté à proximité de la porte, me regarde d'un air étrange. Il m'a gentiment retiré mon bâillon mais mon corps endolori refuse de m'obéir. Je ne trouve pas la force d'articuler le moindre mot, pas même un « merci ».

Hésitant, il s'avance vers moi puis finit par s'asseoir à ma droite. Je crois discerner de la culpabilité dans son regard chocolat mais ça ne dure qu'un court instant. Il fouille dans les poches de sa veste afin d'en extirper un mouchoir d'un blanc immaculé. Soigneusement, avec application, il entreprend d'essuyer les taches de sang sur mon visage. Comme je m'en doutais, il est déjà sec. Esquissant une moue résignée, il murmure :

- Vous devriez prendre une douche, Madem...
- Cornelia, le coupé-je avec effort. S'il vous plaît, appelez-moi Cornelia.
- Bien, acquiesce-t-il. Vous devriez prendre une douche, Cornelia.

Dans sa bouche, mon prénom sonne comme un appel à l'amour. Mes joues me brûlent. Mon sourire – jusqu'à présent béat – s'évapore soudain. Je ne suis peut-être plus bâillonnée mais toujours menottée. Essayez de prendre une douche avec les mains attachées dans le dos...

Je relève la tête, de même que mes poignets. Il fait un signe de dénégation silencieux, ses longs cheveux bouclés suivent le mouvement.

- J'ai reçu l'ordre de ne pas vous détacher, chuchote-t-il en jetant des coups d'œil inquiets vers la porte entrouverte.
- Comment croyez-vous que je vais prendre cette douche ? rétorqué-je. Et ne pensez-vous pas que je me serais déjà échappée si je l'avais pu ?

Méfiant, il me dévisage quelques secondes et doit arriver à la conclusion que, bien évidemment, j'ai raison.

- Vous avez raison, confirme-t-il.

Il n'ajoute rien, tend sa main, paume vers le haut. Sans hésitation, j'y glisse la mienne et suis surprise par la chaleur que dégagent ses doigts. Il m'aide à me relever, entreprend d'enlever les menottes. Je souffle un « merci » empreint de soulagement, et, sans un mot supplémentaire, me dirige vers la salle de bains. Avant d'en franchir le seuil, je demande tout de même :

- Vous me protégerez, David ?

Il ne répond pas. Je m'attends à ce qu'il secoue la tête, comme tout à l'heure, mais au lieu de ça, il sourit. Je ferme la porte derrière moi, m'y adosse, le cœur battant la chamade. Fermant les paupières, je me réprimande pour cette réaction d'adolescente. Oui, il est mignon. Mais je ne dois pas oublier de quel côté il se trouve. Ni que je me marie le mois prochain… Enfin, si je sors d'ici vivante.

Cette question ne cesse de me tarauder : qu'attend-on de moi ?

Une fois ma douche terminée, je réalise que j'ai complètement oublié de prendre des affaires de rechange. Je pousse un soupir, lève les yeux au ciel. Y a pas idée d'être aussi tête en l'air !

Je n'ai pas le choix d'apparaître devant lui en serviette de bain. J'entrouvre la porte mais ne la franchis pas.

- David ?
- Oui ? Un problème ?

Interrogateur, il se tourne vers moi. Heureusement que je suis en partie cachée derrière cette porte.

- Pour vous, non, je ne pense pas. Pour moi, oui. Pouvez-vous vous retourner ? Ne me regardez pas, s'il vous plaît.

Mon ton est suppliant et je m'en veux pour ça. En revanche, lui, sa méfiance redouble.

- Puis-je vous aider ? insiste-t-il.
- Non, je… j'ai oublié mes vêtements, voilà. Alors, je ne suis certainement pas habillée convenablement.
- Oh…, fait-il, légèrement embarrassé. Bien, je suis retourné. Venez.

Rien ne me garantit qu'il ne me regardera pas une fois que je serais sortie de la salle de bains. Mais je décide de lui faire confiance. Je me dirige immédiatement vers l'armoire afin de dégoter ce dont j'ai besoin, un passage à la commode pour les sous-vêtements et je repars comme un boulet de canon dans la salle de bains pour les enfiler.

De retour dans la chambre, je m'assieds sur le lit. Je devrais le remercier de m'avoir permis de prendre une douche. De m'avoir libéré les poignets. Et pourtant, une part de moi me rappelle qu'il n'est pas dans mon camp.

- Aurai-je le droit de manger ? questionné-je alors qu'il reprend sa place initiale, à côté de la porte d'entrée.
- Oui, quelqu'un va vous apporter un repas à treize heures. Je suis navré mais je dois vous menotter.

Et comment est-ce que je vais manger, au juste ?

Mais j'acquiesce. Je ne veux pas qu'à cause de mon insolence et mon refus de coopérer, il ait des ennuis. Après tout, il est le seul à me traiter mieux que les autres. Je me lève, m'approche de lui en tendant mes poignets. D'une infinie douceur, il me passe les menottes, garde mes mains dans les siennes un instant. Nous ne sommes que lui et moi, nos regards ne se quittent pas. J'ai l'impression – l'espoir – qu'il serait mon moyen de m'échapper. Cet homme serait la clé. J'ai envie d'y croire. Alors, je décide de briser le silence que je trouvais apaisant :

- Pourquoi suis-je ici ?
- Vous le saurez bien assez tôt, dit-il en libérant mes mains. Je ne suis pas en mesure de vous en parler.
- C'est dommage, soufflé-je, déçue. Vous aviez l'air... plus humain que les autres.
- Je le suis, assure-t-il un peu vite. Mais les ordres sont ce qu'ils sont. Ce n'est pas à moi de vous en parler. Je ne suis là que pour m'assurer que tout se passe bien.

Sa réplique me met hors de moi. Je fronce les sourcils et explose en une salve de questions :

- M'avez-vous bien regardée ? Avez-vous l'impression que « tout se passe bien » avec tous ces hématomes et ces blessures ?
- Je ne voulais pas être blessant.
- C'est raté ! hurlé-je. Mettez-vous à ma place ! On me retient ici sans que je sache pourquoi et on me tabasse quand je cherche à comprendre ! Que voulez-vous de moi, putain ?
- Je ne peux pas vous répondre, je ne peux pas vous aider, Cornelia.

À cet instant, je crois qu'il va quitter la pièce mais, chose bien plus étonnante, il s'avance vers moi et me prend dans ses bras. Alors, contre toute attente, je pleure tout mon soûl. Jamais je n'aurais pensé que l'un de mes ravisseurs me consolerait mais c'est ce qu'il se passe. David me murmure des mots rassurants, doux, gentils. Intentionnellement ou non, il me caresse les cheveux. Je sens son eau de toilette citronnée et, peu à peu, mes larmes se tarissent.

- Je reste avec vous jusqu'à votre prochain cours, chuchote-t-il. De toute façon, c'est moi le professeur.

Je lui souris. Dans tout mon malheur, sans s'en rendre compte, cet homme est mon rayon de soleil. Cela étant, la journée n'est pas encore finie et quelque chose me dit que je ne suis pas au bout de mes peines.

Cours de compréhension des langages corporel et facial

15h02

Le cours de David a été bien plus passionnant que je ne le pensais. Issue d'études littéraires et linguistiques, la science n'a jamais été mon fort. Il a cependant réussi à rendre son cours intéressant sans se limiter à parler d'algorithmes, d'équations et de formules mais en donnant des exemples concrets dans la vie au quotidien. Et grâce à sa pédagogie, j'ai compris le but des exercices. Je suis plutôt fière de moi.

Il m'a souvent jeté de furtifs coups d'œil, histoire de vérifier si j'étais toujours là et attentive. De toute l'heure de cours, je n'ai jamais cessé de l'observer. Bon, soyons francs : je l'ai dévoré des yeux. Je commence à m'habituer à son regard de chien battu, à ses boucles brunes et à sa barbe de deux jours. De même que je m'accoutume à sa personnalité un peu étrange, à son timbre de voix particulier, sa façon d'écouter attentivement en penchant la tête sur le côté...

Mais qu'est-ce qui m'arrive ? Suis-je en train de tomber sous son charme ?

Je secoue la tête. N'importe quoi. Je me fais un ami dans cet enfer, c'est tout.

Après avoir quitté son cours, M. Murray m'a accompagnée au suivant, dans l'un des plus grands amphithéâtres de l'école. L'intitulé qui m'a laissée perplexe hier sur papier sera enfin entendu.

L'amphithéâtre est plein à craquer. Je retrouve certains étudiants avec qui j'ai assisté aux cours de la matinée mais pas un seul fait mine de me reconnaître ou de m'adresser la parole.

Je suis assise, comme de coutume, au premier rang, tout à gauche. Enchaînée, bâillonnée et tout le tralala. Aucun signe du professeur Spencer. Il finit par arriver avec dix minutes de retard. Il ne va pas à son bureau ou au tableau comme l'aurait fait n'importe quel professeur. Non. Il se dirige directement vers moi. Je le vois avancer, le cœur cognant contre ma poitrine, la gorge nouée. Son regard pénétrant fixé sur moi me trouble davantage que je ne veuille bien l'admettre.

M. Spencer est un homme plutôt grand (au moins un mètre quatre-vingt-cinq) et mince, au teint pâle. Il porte un costume gris clair et une cravate bleu marine, faisant ressortir ses cheveux presque noirs qui bouclent sur son front, à la Brendan Hines. Enfin, je peux discerner la couleur de ses yeux, d'un vert aussi intense que l'émeraude. Sa bouche, aux lèvres charnues, esquisse un rictus à la limite moqueur. Ce visage me plaît instantanément.

Il ne vient pas me frapper, contrairement à ce que j'ai cru. Il retire mon bâillon. Etonnée, j'écarquille les yeux. Résonne alors sa voix dans ma tête : ferme, douce et terriblement viril.

- Vous êtes surprise alors que ce geste est tout à fait normal. J'aimerais que vous assistiez et participiez à mon cours comme les autres, dit-il en faisant un geste vers les autres étudiants.

La gratitude doit se peindre sur mon visage – ou peut-être un message avec le mot MERCI vient-il de s'afficher et clignote – car il reprend :

- Ne me remerciez pas, Mademoiselle Pikes. Je vous souhaite la bienvenue dans mon cours et vous invite à y prendre la parole comme bon vous semblera.

Il me fait une légère révérence, ce sourire sournois toujours collé à ses lèvres. Il repart vers la scène de l'amphithéâtre et ainsi débute le cours.

- Mes chers élèves, c'est aujourd'hui l'avant-dernier cours de cette année 2014. Aussi, j'espère que votre devoir sur les micro-expressions est presque terminé.

Les voix mécontentes des étudiants accueillent sa remarque. Pas le moins du monde découragé, il balaie toutes les plaintes d'un seul geste de la main.

- Vous le rendrez la semaine prochaine, comme il vous l'a été demandé, assure-t-il d'un ton autoritaire avant de poursuivre : et puisque nous y sommes, passons directement aux exercices.

Cette fois-ci, tout le monde se tait. Je ne sais pas en quoi consistent ces exercices mais les étudiants ont l'air impatients de s'y mettre. L'espace d'un instant, j'oublie que je suis retenue contre ma volonté, attachée et violentée. Ils ont réussi à piquer ma curiosité.

M. Spencer s'empare d'une télécommande et appuie sur une touche. Derrière lui, un écran géant s'allume ; quelque part, quelqu'un éteint les lumières. Après avoir pressé une seconde touche, une photo s'affiche.

- Nous allons commencer doucement, déclare-t-il. Je vous rappelle que nous avons une invitée et j'aimerais que tout le monde y mette du sien.

Il me jette un regard entendu. Cette fois, c'est sûr, je suis carrément intriguée. J'étudie attentivement la photo, l'analyse mais sans savoir ce que je suis censée y voir. Au bout d'une bonne minute, M. Spencer s'adresse à moi avec douceur :

- Mademoiselle Pikes, que voyez-vous sur cette photo ?

Rougissant de plus belle sous les regards interrogateurs des autres étudiants silencieux, je tâche de répondre :

- J'y vois une femme brune.
- Qu'est-ce qui vous fait dire que c'est une femme ? attaque-t-il.

Oh, on en est donc là... J'essaie de ne pas paraître troublée par sa question, me retenant de hurler que c'est plus qu'évident. Mais, de nos jours, de quoi peut-on encore être certain ? Alors, de bonne grâce, je joue le jeu.

- Eh bien... les yeux. La forme de la mâchoire, l'absence de barbe, la pomme d'Adam peu prononcée...
- Très bien, approuve-t-il dans un sourire satisfait. Que pouvez-vous me dire d'autre ?
- Je dirais qu'elle a entre trente-cinq et quarante-cinq ans et elle a l'air...

Je plisse les yeux afin de mieux discerner l'expression du sujet. Je tente d'y mettre un mot.

- Triste ? proposé-je.
- Développez. Pourquoi pensez-vous à cela ? À quoi le voyez-vous ?
- Elle a le regard baissé, la bouche presque tremblotante. Je les interprète comme des signes de tristesse.

- Regardez plutôt ses mains pour vous aider à étayer votre hypothèse, recommande-t-il.

Décontenancée, je lui obéis pourtant.

- Elles sont crispées mais pas refermées en un poing.
- Excellent, me félicite-t-il. En réalité, cette femme n'est pas triste mais angoissée.

Et la vérité jaillit. Je comprends enfin le but de ce cours tout à fait étonnant et passionnant, il faut l'admettre. On y décèle les expressions faciales et corporelles. On y analyse les émotions d'autrui.

- Il existe six émotions primaires universelles : la peur, la colère, la joie, la surprise, la tristesse et le dégoût. Et vous êtes ici pour apprendre leur langage non verbal afin de mieux les repérer et les interpréter.

C'est fascinant.

Le cours se poursuit de la même manière, le professeur interrogeant les élèves au hasard qui décryptent les signes dans le sujet présenté. Le tout est extrêmement animé, vivant, interactif. Je comprends mieux pourquoi l'amphithéâtre est bondé.

Quinze minutes avant la fin, le professeur Spencer leur donne à analyser une dernière photo mais, cette fois-ci, chacun doit travailler de son côté, à l'écrit. Si je n'avais pas les mains liées, je m'y serais prêtée avec plaisir. Il règne dans l'amphi un silence de mort – chose totalement inédite au vu de la superficie de la salle et du nombre de personnes ! – tandis que M. Spencer range une partie de ses affaires. Je suis encore en train de l'observer lorsqu'il revient vers moi avec une feuille de papier qu'il plie mille fois et un livre aussi gros qu'un annuaire téléphonique. Il pose ce dernier sur la table devant moi. Puis, désignant le bout de papier, il me demande :

- Pouvez-vous mettre ça dans l'une de vos poches et ne le lire que lorsque vous serez seule ?
- Je veux bien mais...

Je lui montre mes mains attachées à la chaise, dans mon dos. Survient alors la scène la plus embarrassante que j'aie jamais vécue. Il s'agenouille à ma gauche et doucement, insère la feuille pliée dans la poche de mon jean. Immédiatement, mon visage s'enflamme. Ce geste est si intime que j'en suis déconcertée. Je suis tellement gênée que je n'ose plus le regarder. Nullement confus, il relève la tête tout en restant accroupi et reprend, la voix toujours basse :

- Mon cours vous a-t-il plu ?
- Oui, beaucoup, dis-je en toute sincérité. Je regrette de ne pas avoir eu de tels enseignements lors de mes études.
- C'est très aimable. Disons que c'est une science nouvelle, qui entre peu à peu dans les grands organismes. Nouvelles techniques d'interrogatoire, détecteur de mensonges... Enfin bref. Puisque ça vous a plu et que vous semblez avoir un certain sens de l'observation, je vous conseille de découvrir ce livre. Vous trouverez toute la théorie sur cette psychologie par l'un des plus éminents spécialistes du siècle dernier.
- D'accord, réponds-je. Je demanderai à M. Murray de bien vouloir le porter pour moi.

Pour la première fois, il sourit. Un vrai sourire, franc, le genre où on voit toutes les dents briller. Mon cœur rate un battement.

Comment un homme avec une bouche pareille et un regard aussi pénétrant peut-il être dans le camp adverse ?

- Nous en reparlerons, promet-il en posant une main rassurante sur ma cuisse.

Parler de quoi ?

Oh, du livre, bien sûr.

Ce contact propage une onde d'électricité dans tout mon corps. Je frissonne. Enfin, il se relève et s'empare du bâillon. Fini, ce moment complice rien qu'à nous.

- L'heure va bientôt se terminer. Puis-je le remettre à sa place ?

Je hoche la tête. Alors, doucement, il me bâillonne sans jamais me quitter des yeux.

Un vert aussi profond est-il possible ?

Je me sens rougir encore une fois. Décidément, il me met dans tous mes états... À peine a-t-il fini sa tâche que M. Murray fait son entrée. Sans préambule, il s'avance vers nous et demande au professeur Spencer :

- Tout s'est bien passé ?
- Parfaitement, Rob. Mademoiselle Pikes a été très attentive au cours. De ce fait, j'aimerais qu'elle lise ce livre pour rattraper son retard. Serait-il possible que tu l'apportes dans sa chambre ?
- Je m'en occupe, répond M. Murray avant de me détacher de la chaise.

Le livre sous le bras gauche et la main droite me tenant fermement, nous nous dirigeons vers la sortie. Avant de pénétrer dans le couloir froid, je jette un dernier regard au professeur. Il me sourit puis hoche la tête. Étrangement, je me sens rassurée.

École Senway

Bâtiment résidentiel, chambre 1109

16h05

Je soupire. M. Murray m'a emmenée dans ma chambre après m'avoir annoncé qu'on m'apportera mon repas à dix-neuf heures.

- Et je fais quoi en attendant ? lui ai-je demandé, les poings sur les hanches.
- Vous n'avez qu'à faire vos devoirs, a-t-il répondu sur un ton insouciant en pointant le livre du menton.

Il sort précipitamment, verrouille derrière lui. Je me retrouve seule, pour la première fois de la journée. Découragée, je m'allonge sur le lit. Les larmes se mettent à couler et bientôt, je ne peux plus lutter pour les arrêter. La peur me paralyse, l'angoisse me torture et j'ai bien vu de quoi sont capables ces brutes.

Mon mal de tête ne fait qu'empirer de minute en minute, de même que mes courbatures. Personne ne daigne venir me soigner, ils sont tous contre moi. Je me fige. Non, pas tous. Les visages de David et du professeur Spencer me viennent à l'esprit. Ils m'ont aidée, à leur manière. Soudain, je me souviens du papier que M. Spencer a glissé dans ma poche.

J'essuie mes larmes d'un revers de main, me rassieds puis m'empare de la feuille que je déplie pour la lire : *Je viendrai vous voir dans votre chambre, avec la liste des cours de demain. Faites attention, les murs ont des oreilles de même que les portes ont des yeux.*

Le mot est signé *E.S.* Une joie sans nom fait exploser mon cœur. Il va venir me voir ! Peut-être pourra-t-il m'en dire plus ? Bonne question. Je jette un œil au radio-réveil posé sur la table de nuit. Seize heures trente seulement. J'ai déjà hâte.

Plongée dans le livre que j'avais à lire, je n'entends pas tout de suite les quelques coups frappés à la porte. Je n'en prends conscience que lorsqu'une voix demande :

- Mademoiselle Pikes ?
- Professeur Spencer ?
- C'est moi, confirme-t-il. Puis-je entrer ?

Je regarde autour de moi. Mon plateau-repas attend d'être débarrassé sur la commode. Sur le bureau gisent nombre de feuilles vierges, des crayons, des livres. Je me lève précipitamment, cours voir mon reflet dans le miroir. Je suis moins blafarde que la veille mais mon corps affiche davantage de traces. Suis-je présentable, tout de même ?

Quelle importance, abrutie ?

- Oui, entrez !

La clé tourne dans la serrure, puis il entre. Je remarque immédiatement qu'il s'est changé. Il a troqué son costume gris clair contre une tenue décontractée composée d'un jean noir, une chemise blanche sous un polo bleu marine. Son eau de toilette épicée flotte dans la pièce tandis qu'il s'approche de moi.

- J'espère que vous ne voyez pas d'inconvénient à ma venue ? interroge-t-il gentiment.
- Mais pas du tout, M. Spencer.
- Appelez-moi Eli.
- Eli, très bien. Je m'appelle Cornelia.

Je ne m'attends absolument pas à son geste. Il s'empare de ma main droite et l'embrasse. On aurait dit un chevalier saluant sa reine.

Mes joues rosissent une nouvelle fois.

- Cornelia, souffle-t-il.

Il a prononcé mon nom comme s'il avait dit « paradis », je me sens fondre. Sa main est chaude et douce, son contact m'électrise entièrement. Son regard ne me quitte pas, on aurait dit qu'il cherche quelque chose dans le mien. Mais je ne saurais dire quoi. Ses yeux s'assombrissent d'un coup, il murmure :

- Maintenant que les présentations sont faites en bonne et due forme, permettez-moi de parler de choses on ne peut plus sérieuses.
- Bien sûr, réponds-je, presque hypnotisée. Asseyons-nous.

Nous prenons place sur le lit, il utilise un ton que je ne lui connais pas. Grave, inquiétant. Je le regarde plus intensément, ma curiosité piquée au vif tout à coup. Il chuchote :

- Ce que je vais vous révéler maintenant me fait risquer mon poste d'enseignant, Cornelia.
- Je...

Je n'arrive pas à me concentrer quand il prononce mon prénom comme ça.

- Je sais bien ce que vous vous dites, glisse-t-il pourtant. Vous vous réjouissez que quelqu'un vous apporte enfin les réponses que vous réclamez depuis votre arrivée ici et vous vous fichez bien des conséquences qu'elles peuvent avoir pour moi puisque je fais partie des ravisseurs.

Il me coupe le sifflet. Comment fait-il pour savoir tout ça ? Impressionnée, j'écarquille les yeux et rétorque :

- Et vous arrivez à voir ça rien qu'en m'observant ?
- En quelque sorte. Je ne suis pas seulement professeur. Je suis spécialisé dans le repérage des micro-expressions, l'analyse vocale et les phénomènes de groupe. Je sais que vous voulez savoir ce qu'il se passe.

Ces mots me touchent par leur justesse. Eli lit en moi comme dans un livre ouvert et ça me fait peur. Je me sens soudain vulnérable. Je comprends qu'il est venu me révéler d'importantes informations alors, je rapproche mon visage du sien et demande dans un murmure à peine audible :

- Que se passe-t-il, Eli ?

Il prend mes mains et les serre fort, comme pour y trouver la force de dire la vérité.

- Ils veulent vous tuer.

Mes cheveux se dressent sur ma tête. Mon cœur rate un battement et une sueur froide me coule le long de la colonne vertébrale. Ma détention ici n'a rien de beau, je me doutais bien que ça cachait quelque chose d'horrible. Mais horrible à ce point ?

- Quoi ? Me... me tuer ? Mais... pourquoi ?
- Je l'ignore, admet-il tout bas. Je sais seulement qu'ils comptent mettre fin à vos jours.
- Mais s'ils veulent vraiment ma mort, pourquoi ne m'ont-ils pas déjà tuée ? Je veux dire... pourquoi toute cette mascarade ?
- Ils vous torturent, Cornelia. Ils testent vos capacités à vous battre.
- Ils auraient mieux fait de m'enfermer dans un conteneur sans eau ni nourriture.

Il relève la tête et me dévisage étrangement. Je ne comprends pas son expression. Je suis loin d'être une spécialiste comme lui à cette science...

Je me sens complètement désemparée. Je vois bien qu'il veut m'aider, que son entreprise part d'une bonne intention.

- Je ne vois pas pourquoi vous me dites ça, Eli. Je ne peux pas m'échapper, de toute façon.
- Pensez-vous vraiment que je venais seulement vous annoncer le projet de la direction ? Non. Je viens vraiment vous aider, Cornelia. Je vous promets de vous faire sortir d'ici.

Je ne le sais pas encore mais il tiendra sa promesse... au péril de nos vies.

2e jour

Jeudi 11 décembre 2014

Boston, État du Massachusetts

Appartement de Cornelia Pikes et David McFlint

Washington Street, 15

ire qu'il est fou d'angoisse et de désespoir serait un euphémisme. Il regarde les infos sans relâche, attendant des nouvelles de sa compagne mais toujours rien. À chaque heure du jour et de la nuit depuis avant-hier soir, cette question le hante : va-t-elle bien ?

Personne ne lui répond. Personne ne sait où elle se trouve. Personne ne sait rien !

Lorsqu'elle n'est pas rentrée mardi soir, il a immédiatement compris que quelque chose ne tournait pas rond. Il a signalé sa disparition à la police mais, malheureusement, personne ne l'a pris au sérieux.

- Elle a dû se barrer avec un autre ! lui a rétorqué le premier policier.
- Ou bien avec une femme ! renchérit son collègue, hilare.

Angoissé, désespéré, il est rentré chez lui. Mais ça fait deux jours maintenant et elle n'est toujours pas rentrée. Elle ne lui a passé aucun coup de fil pour le prévenir d'un retard ou d'un changement de programme. De son côté, il a tenté inlassablement de la joindre mais il tombait directement sur sa messagerie. Elle n'a pas rompu, n'est pas revenue récupérer ses affaires, ne s'est pas présentée à son travail. Toutes ces preuves qui s'accumulent le convainquent que quelque chose de grave lui est arrivé.

Il est incapable de dormir. De manger. De travailler. Comment même y songer ? Son inquiétude est si grande qu'elle grignote chaque heure un peu plus de sa force.

Et si elle était... morte ?

- Non ! hurle-t-il à la fois pour se convaincre qu'elle est toujours en vie mais aussi pour chasser cette pensée atroce.

Il se prend la tête dans les mains. Elles tremblent. Il doit se calmer.

Les quelques coups frappés à la porte le tirent de sa réflexion profonde.

- Cornelia ? lance-t-il, plein d'espoir que ce soit enfin elle.

Et pourquoi elle frapperait à la porte de chez elle ? C'est absurde.

- David, c'est moi, Irma !

Il lève les yeux au ciel. Irma fait partie de la bande d'amies de Cornelia. Avec Hay Lin, Taranee et Will, elles forment les cinq inséparables. Secrètement, il les surnomme le Club des Cinq.

Si elles sont toutes d'un naturel enjoué et altruiste, Irma sort du lot. Fille unique d'un couple d'avocats de renom, la jeune femme âgée de vingt-sept ans a créé sa propre marque de produits cosmétiques et affiche avec fierté sa richesse. C'est une femme qui n'a pas froid aux yeux, qui sait ce qu'elle veut et qui se donne tous les moyens pour l'obtenir.

David n'est donc pas surpris qu'elle soit toujours célibataire. Ce caractère de princesse gâtée, non merci !

Il la fait entrer, la regarde à peine quand il lui demande, plein d'espoir :

- Tu as des nouvelles ?
- Non, répond-elle en rejetant ses longs cheveux blonds en arrière. Je suis venue voir si ça allait.
- Et d'après toi, ça va ?

Il n'a pas voulu hausser la voix, cependant l'intrusion d'Irma le met en colère.

- Ne prends pas ce ton avec moi, David. Assieds-toi pendant que je te prépare quelque chose de chaud à boire.
- Je n'ai pas soif, objecte-t-il.

Non, mais pour qui se prend-elle ?

Le regard qu'elle lui lance le convainc néanmoins à obéir. Il prend place sur le canapé et, deux minutes plus tard, elle le rejoint après avoir posé le breuvage brûlant sur la table basse. Intrigué, il l'observe. Sa peau est presque aussi claire que celle de Cornelia mais elle ne possède ni ses cheveux noirs, longs et bouclés, ni ses yeux marron. Et encore moins ses courbes voluptueuses. Irma est grande, blonde aux yeux bleus. D'un caractère hautain et prétentieux, elle ne se laisse commander par personne et ne mâche jamais ses mots.

Sa franchise à toute épreuve a déjà fait couler nombre de larmes et si elle se targue d'être honnête, David la catalogue de « méchante ». Il ne comprend pas comment sa douce Cornelia peut être amie avec cette femme.

- Dis-moi pourquoi tu es là.
- Je m'inquiète pour toi.

Ces mots sonnent faux. Il ne la croit pas capable d'empathie, ni d'altruisme. Il ne la croit pas capable d'un bon sentiment, tout court.

- Hé, dit-elle doucement en prenant ses mains, elle est aussi mon amie. Je veux être là pour toi comme elle l'a été pour moi.

Stupéfait, il pose les yeux sur leurs mains emmêlées. Il se fige lorsqu'il sent qu'elle pose sa main sur sa cuisse, le caresse en remontant doucement vers son entrejambe. En même temps, elle approche ses lèvres maquillées de son cou afin d'y déposer de légers baisers.

- Tu sais, reprend-elle, je pense qu'on devrait vraiment se détendre tous les deux.

Et comme il ne répond rien, trop choqué pour réagir, elle se met sur lui à califourchon. Les yeux écarquillés, il la regarde se débarrasser de son chemisier, offrant à sa vue ses petits seins. Elle prend ensuite ses lèvres et, trop abasourdi pour la repousser, il la laisse faire. Encouragée, elle entreprend de défaire sa ceinture, de lui ôter son t-shirt. Elle se laisse glisser au sol, finit à genoux devant lui. Elle déboutonne son jean sans cesser de lui lancer des regards enfiévrés.

Il a soudain un déclic. L'image de Cornelia en larmes l'assaille et l'oblige à réagir.

- Tu fous quoi, là ?
- Tu vois bien que j'essaie de te détendre, bébé.

Bébé ? Il a raté un épisode ou quoi ?

- Tu as une drôle de façon de voir si je vais bien, Irma. Lève-toi et rhabille-toi. Tu devrais avoir honte de faire ça à Cornelia !
- Mais elle n'est pas là, ta Cornelia ! hurle-t-elle. Pense un peu à toi, bordel ! T'as envie de moi, je le sais.

Cette fois, David fait exploser sa colère. Elle apprécie l'honnêteté et la franchise ? Bien, il va lui en donner.

- Ce n'est pas parce que tout Boston t'est passé dessus que je vais faire de même. Maintenant, casse-toi. J'ai une fiancée à retrouver.

Elle ricane tout en se rhabillant.

- Pourquoi tu te marres ?
- Oh, pour rien, bébé. Si jamais tu as besoin ou envie de me voir, tu connais l'adresse. Oh, et une dernière chose, ajoute-t-elle en arrivant devant la porte. Ta *fiancée* était suivie avant de disparaître. Si tu n'étais pas si égocentrique, tu l'aurais sûrement remarqué.

Elle sort de l'appartement sans un mot de plus. Fronçant les sourcils, il médite les derniers mots de la jeune femme. Ils font terriblement écho à ses propres angoisses, à son propre pressentiment. Il ne les met pas en doute. Bien qu'il n'ait pas confiance en Irma, curieusement, il la croit à ce sujet.

Il réfléchit longuement et arrive à la conclusion que la meilleure solution pour retrouver Cornelia est d'engager un détective privé.

École Senway – Salle 105

Cours de biologie

8h

Une fois encore attachée et bâillonnée, je regarde le tableau noir où est inscrit le programme des deux prochaines heures. La professeure est une certaine Mademoiselle West ; de taille moyenne et très mince, des cheveux châtain clair et des yeux bleus. Elle est jeune – je lui donne facilement mon âge – mais les lunettes à grosses montures lui confèrent un air strict et sévère. Ses lèvres pincées font croire qu'elle est constamment en colère. Peut-être est-ce vrai… Et le ton qu'elle emploie n'est guère plus engageant.

Outre le caractère sans intérêt de son cours, la conversation tenue hier soir avec Eli me déconcentre totalement. Nous sommes convenus que nous nous retrouverions tous les jours à la bibliothèque afin que je puisse travailler sur mon retard. Enfin, ça, c'est la version officielle. L'officieuse diffère carrément. Eli et moi mettrions au point un plan d'évasion. Sa connaissance de l'école et son rang d'enseignant sont des atouts indiscutables.

Mon esprit rêveur me rappelle les traits du professeur. En plus d'être bel homme, il est prévenant, prudent. Pour ne pas éveiller les soupçons, il ne s'est pas proposé pour me tenir compagnie pendant la pause déjeuner. Je reverrai donc David et cette pensée provoque un certain malaise en moi sans que je puisse l'expliquer.

Soudain, le plat de la main de la professeure frappe la table devant moi. Je sursaute et la douleur se propage dans mon dos. Je serre les dents. Mes yeux embués de larmes se posent sur la feuille qu'elle vient de me présenter. Elle ordonne sèchement :

- Vous me remplirez ce questionnaire et vous me le rendrez au prochain cours. Vous n'aurez aucune difficulté à y répondre, Mademoiselle Pikes, puisque toutes les réponses se trouvent dans tout ce que j'ai évoqué aujourd'hui.

Un soupçon d'angoisse me pince le cœur. Non pas que je n'aie rien écouté mais, comme je l'ai déjà souligné, les sciences n'ont jamais été mon fort. Pour retenir quoi que ce soit, il aurait fallu que je puisse soit prendre des notes soit comprendre ce qu'elle baragouinait dans sa langue extraterrestre. Je jette un œil sur ladite feuille pour constater l'étendue abyssale de mon ignorance. Ma respiration se bloque quand je distingue les mots « histones », « peroxysomes » ou encore « biosynthèse » … Je n'ai absolument aucune idée de quoi il s'agit. Je relève les yeux vers son visage austère et son regard dit clairement « nous verrons bien si vous m'avez écoutée, petite conne ! » Le désespoir s'empare de moi.

Cette deuxième journée de torture ne fait que commencer.

École Senway

Bâtiment résidentiel, chambre 1109

12h05

David pose le questionnaire sur le bureau, où j'ai laissé le livre d'Eli. Il reste un moment silencieux, étudiant les objets jonchant ma table de travail et se retourne :

- Je vois que le cours de M. Spencer vous a plu ?
- En effet, réponds-je sans parvenir à ne pas rougir.

Je crois déceler dans son regard une lueur de jalousie mêlée de déception. Il revient vers moi.

- Comment avez-vous trouvé le mien ? questionne-t-il.
- Très intéressant. Je n'ai jamais compris grand-chose aux maths mais hier, je me suis sentie… intelligente.
- Mais vous l'êtes, Cornelia, affirme-t-il puis ajoute après un temps : M. Spencer a-t-il été… correct avec vous hier soir ?

Sa question me laisse sans voix. Comment sait-il qu'Eli est venu me voir ? J'en suis stupéfaite. Je fronce les sourcils.

- Comment savez-vous ?
- La direction est informée lorsqu'un membre du personnel demande la clé de votre chambre. Je fais justement partie de la direction.
- Vraiment ?
- Oui, je suis directeur-adjoint. Répondez à ma question, Cornelia.

Je marque un temps. Pendant quelques secondes, j'oublie quelle est la question. Maintenant que je connais son statut d'adjoint au directeur, mon jugement diffère totalement. D'un potentiel ami, je le considère à nouveau comme un ennemi. Et pas des moindres. Je ne dois pas l'oublier ! C'est un de mes kidnappeurs. Car, finalement, cet homme a joué la comédie. Il n'a jamais voulu m'aider ou me porter secours. Il n'obéissait qu'aux ordres.

Il me surveille, tout simplement !

- M. Spencer a été très gentil, dis-je non sans me souvenir du regard vert intense d'Eli. Nous avons surtout évoqué les points de son cours et du livre. Par ailleurs, il a demandé à M. Sweets l'autorisation de m'aider dans mon retard.
- C'est effectivement très gentil de sa part. Que lui avez-vous promis en retour ?
- Que voulez-vous dire ?

Son ton s'est fait distant, pourtant, je remarque combien il est nerveux tout à coup. Je n'aime pas du tout ce qu'il est en train d'insinuer et sa réponse ne me plaît pas davantage :

- Je ne pense pas qu'il vous offre son temps et ses services sans rien en échange. Lui avez-vous promis des faveurs sexuelles ?
- Pardon ? Comment osez-vous ?

Ses mots me choquent profondément, me blessent même. Pour qui me prend-il ?

J'ai hurlé ma question sans m'en rendre compte et il s'est posté face à moi, réellement menaçant pour la première fois. On l'aurait dit sorti de ses gonds, fou furieux. Je n'ai jamais vu autant de colère sur son visage pourtant si triste d'ordinaire.

Il me gifle. Sidérée, je porte une main tremblante à ma joue meurtrie puis je reste là, complètement immobile. Choquée. Trahie. Notre « relation » vient de prendre un tournant chaotique et irréversible. Il a levé la main sur moi, pas de retour en arrière possible.

Il empoigne mes épaules avec force et crie :

- Alors, Cornelia ? Je vous ai posé une question, il me semble !

Je ne réponds toujours pas, furieuse mais apeurée par la colère aussi subite qu'incompréhensible. Il me gifle encore une fois. Je sens un filet de sang couler de ma narine mais je suis trop terrifiée pour me défendre, encore moins bouger. Je voudrais lui rétorquer que ça ne le regarde pas, les mots restent bloqués dans ma gorge. Une boule d'angoisse commence à s'y former, tout mon corps se met à trembler.

- Répondez-moi, merde ! hurle-t-il encore en me secouant.

Maintenant, les larmes tracent leur sillon sur mes joues. Il doit se rendre compte du mal qu'il me fait, il relâche soudain son emprise. La honte se peint sur ses traits et, tandis que mes jambes se dérobent sous moi, il pousse un soupir.

- M. Murray viendra vous chercher à treize heures cinquante.

Il me laisse seule à terre. Seule avec mon désespoir et ma douleur à la joue. J'essuie du revers de la main le sang et les larmes sur mon visage.

Ils sont tous contre moi. Comment ai-je pu croire le contraire ? À part Eli, personne ne se soucie de moi. Ils sont les bourreaux. Mais David est le pire d'entre eux.

Je me demande où puiser la force de me battre pour m'échapper d'ici.

École Senway – Salle 326

Cours de littérature américaine

15h04

Le cours de grammaire programmé à quatorze heures a été d'un ennui total. Mme Wenns, une femme plutôt grande et svelte, a fait son possible pour que je me sente à l'aise mais, à présent, je me méfie de tous les professeurs. Je suis sûre qu'ils veulent seulement m'amadouer pour mieux me punir. Pour mieux me frapper. Je ne leur fais pas confiance.

La professeure me donne trois pages recto-verso d'exercices à faire pour le lendemain. Comme si c'était une punition pour la traductrice que je suis !

M. Murray est donc venu me chercher à la fin de l'heure pour m'emmener au cours de littérature de M. Foster. Le responsable de la sécurité – déjà pas très loquace en ma présence – se fait de plus en plus taciturne lorsque nous sommes seuls. Il garde obstinément la bouche scellée et le regard dur, fixé droit devant lui. Je n'ai jamais vu un homme aussi insensible que lui, aussi stoïque et dénué de sentiments.

Il me fait asseoir au premier rang, m'attache plus solidement que de coutume et s'en va.

- Comme il est bon de vous revoir, Mademoiselle Pikes ! susurre M. Foster depuis le fauteuil derrière le bureau. Vous qui êtes une littéraire comme moi, j'espère que vous serez bonne élève à ce cours. La meilleure, à vrai dire.

Et la torture se poursuit. Mes oreilles sont assaillies de noms d'écrivains du siècle dernier, faisant partie du mouvement « Lost Generation ». M. Foster semble absolument passionné par cette période d'entre-deux-guerres, et les débats sur l'une des œuvres sont joyeusement ouverts. Plusieurs étudiants prennent la parole, posant des questions, donnant leur avis.

Mon cœur se met à battre frénétiquement quand j'aperçois l'heure sur l'horloge murale surplombant le tableau noir. Bientôt seize heures. Bientôt, Eli et moi allons nous revoir et enfin échafauder un plan pour sortir d'ici.

Malheureusement pour moi, M. Foster ne l'entend pas de cette oreille. Il jette sur la table devant moi un livre qu'il m'ordonne de lire pour la semaine prochaine. Avec une belle fiche de lecture !

Je reconnais l'autobiographie de l'auteur Fitzgerald, *Accordez-moi cette valse.*

M. Murray arrive dans la salle, comme on sonne un gong. Il me détache et daigne m'adresser la parole.

- Je vous accompagne jusqu'à la bibliothèque où vous attend M. Spencer pour rattraper votre retard. Le directeur a donné son autorisation. M. Spencer lui-même vous amènera pour dix-neuf heures précises dans votre chambre. Tout s'est-il bien passé ? s'enquiert-il auprès du professeur.
- Oh oui ! s'exclame ce dernier. Mademoiselle Pikes a été très attentive aujourd'hui et étant donné que je connais sa passion pour la littérature, je lui ai demandé de lire ceci, annonce-t-il en posant sa main sur le livre.
- Le directeur Sweets sera sûrement très heureux d'apprendre que Mademoiselle Pikes s'intègre bien aux cours.

Ils échangent un regard et un sourire entendus. Sans plus rien ajouter, nous ressortons de la salle.

École Senway – Bibliothèque
16h10

Mon visage s'illumine littéralement lorsque je le vois assis à une table de la bibliothèque, en train d'écrire. Quel air studieux !

M. Murray et moi nous approchons. Eli se lève de sa chaise et me prend le bras, doucement.

- Merci, Rob, je m'en occupe à partir de maintenant.

Il lui adresse un signe de tête en guise de salutations, lui donne la clé des menottes et sort de la bibliothèque. Celle-ci est pratiquement déserte, hormis deux étudiants sur les tables du fond. Ce ne doit pas être l'horaire que les élèves choisissent pour réviser ou travailler sur leurs devoirs.

Une fois assuré que nous sommes tranquilles, Eli tourne sa tête vers moi et l'inquiétude se lit sur ses traits.

- La journée a été mauvaise ?
- Pas plus que les deux précédentes, m'entends-je répliquer.
- Mais... vous êtes blessée !

Je secoue la tête. J'ai complètement oublié que j'ai saigné lorsque David m'a giflée.

- Tout va bien, Eli. Je n'ai plus mal.

Il fronce les sourcils, visiblement pas convaincu. Il glisse la clé dans la poche de sa veste, range ses affaires dans son sac et me prend le bras de nouveau.

- Venez, suivez-moi et faites-moi confiance.

J'aurais tendance à avoir du mal sur ce dernier point mais pas avec lui. J'obéis aveuglément, mon instinct me souffle – me hurle – de me fier à lui. Je le laisse donc m'emmener dans la grande cour. Cette cour qui est au centre de tous les autres bâtiments et qu'on atteint sans mal puisque seule une vingtaine de mètres nous en sépare. Les arbres sont nus, les bancs mouillés et le ciel nuageux. Des étudiants marchent en tous sens, riant, tandis que d'autres révisent leurs cours, adossés aux murs de la bibliothèque. C'est donc là qu'ils sont ! Quelle inconscience d'étudier dehors par ce temps.

- Je vous ferai tout visiter prochainement, promet-il.

Je reste muette. Nous nous dirigeons vers un escalier en béton qui descend, opposé au bâtiment scolaire. Nous le prenons et arrivons dans une seconde cour, plus petite et entourée d'autres bâtiments. C'est immense.

Nous entrons dans le premier, à notre droite. Quelle n'est pas ma surprise lorsque je découvre une infirmerie ! Et vide qui plus est… Personne ne tombe-t-il jamais malade dans un endroit pareil ?

Un homme de grande taille d'environ quarante ans, vient nous accueillir. Un sourire bienveillant illumine son visage avenant. Il serre chaleureusement la main d'Eli. L'homme se tourne vers moi pour me saluer, s'immobilise lorsqu'il aperçoit les menottes qui m'enserrent les poignets.

- Est-ce la captive ? demande-t-il, fasciné, à Eli.

- Oui. J'aurais besoin que tu la soignes, Ed.

Ed, je l'apprendrai plus tard, est en fait le Docteur Eduardo Gonzales. Un homme d'une extrême gentillesse et un très bon ami d'Eli.

Il retire mes menottes, panse mes blessures, prend soin de moi pendant une bonne demi-heure. Il me prescrit des médicaments – aurai-je seulement le droit de les prendre ? – et me recommande de faire attention. Enfin, un peu avant dix-sept heures, nous retournons à la bibliothèque. Cette fois-ci, elle est vide. Nous prenons place à la même table que tout à l'heure.

Il saisit ma main et s'enquiert, la voix aussi douce que de la soie :

- Vous sentez-vous mieux ?
- Oui, je crois.

Il paraît perplexe et demande encore :

- Dites-moi ce qui ne va pas, Cornelia. En dehors du fait que vous êtes retenue contre votre volonté, évidemment. Vous savez que vous pouvez vous confier à moi.
- Oui, peut-être, murmuré-je pour moi-même. Quelle... quelle relation avez-vous avec David ?
- Lui et moi ne nous apprécions pas du tout. Pourquoi cette question ?
- Il a été odieux avec moi aujourd'hui. Je ne sais pas ce qu'il lui a pris. Il m'a d'abord demandé si votre cours m'a plu puis il a complètement perdu la tête quand je lui ai dit que vous m'aideriez à rattraper mon retard.

Je fuis son regard, n'osant aborder la suite de notre « dispute ».

- Il y autre chose, je le vois bien, m'encourage-t-il encore.

- Je le considérais comme... ce qui se rapproche le plus d'un ami ici. Toute confiance que j'avais en lui a volé en éclats avec ce qu'il a dit.
- Qu'a-t-il bien pu dire, Cornelia ? chuchote-t-il en serrant ma main dans la sienne, si chaude et si douce.
- Il ne pouvait concevoir que vous me proposiez votre aide sans rien en retour. Il m'a demandé si je vous avais accordé des... faveurs.

Mes joues rosissent, inévitablement. Et il comprend à ce moment-là pourquoi je suis tourmentée. Il secoue la tête, indigné. Comme la veille, il porte mes doigts à ses lèvres pour les embrasser. Ce contact me fait frissonner. Sa bouche est à l'image de ses mains : douce et chaude elle aussi. Mon esprit se met à divaguer et à imaginer toutes les choses qu'il serait capable d'accomplir avec ses lèvres. Des images de baisers passionnés, de draps entortillés, de sueur m'assaillent tout à coup.

Je me racle la gorge pour me redonner contenance mais, peine perdue, son sourire moqueur revient éclairer son visage.

- C'est à ce moment-là qu'il m'a giflée, reprends-je néanmoins.
- Je vois. Je ne manquerai pas de lui en parler longuement.

C'est dit avec froideur et détermination. Une partie de moi désire ardemment le voir lui casser la figure...

Les menottes sont restées dans son sac, je suis plutôt libre de mes mouvements. Je retire de ma poche plusieurs feuilles pliées – les devoirs respectifs de Mlle West et de Mme Wenns – et les pose sur la table.

- J'ai des exercices grammaticaux à effectuer, mais avant ça, j'ai un service à vous demander.
- Tout ce que vous voudrez, Cornelia.

Tout ce que je voudrais ? Vraiment ?

Je réprime un sourire, ravale ma réplique et lui expose ma demande :

- J'ai ce devoir de biologie à rendre la semaine prochaine mais je n'y comprends absolument rien. Pourriez-vous m'aider ?

Il jette un œil sur le devoir en question et sourit. Les battements de mon cœur s'accélèrent. J'adore ce sourire. Ses yeux. Sa personnalité. Mais je ne le lui dirai pas.

- Je n'y comprends rien non plus, admet-il tandis que le désespoir s'empare de moi une fois encore. Cela dit, nous sommes dans une bibliothèque, n'est-ce pas ?

Je saisis son raisonnement et lui renvoie son sourire. Alors que j'entame mes exercices de grammaire, il s'en va chercher les livres de biologie disponibles dans les rayonnages. Grâce à son aide, j'ai pu finir assez vite mes devoirs. Il glisse les feuilles dans une chemise et me promet de les porter pour moi dans ma chambre. La table débarrassée, nous nous rendons compte qu'il reste encore une demi-heure avant de devoir regagner *mes quartiers*. Il s'empare de mes mains et les serre – un geste auquel je commence à m'habituer un peu trop bien – et souffle, le regard planté dans le mien :

- Parlez-moi de vous, Cornelia.
- Vous parler de moi ? Pourquoi ? Pour vous assurer que vous ne faites pas de conneries en m'aidant ?

- Mais non, absolument pas. Je suis de votre côté, ne l'oubliez pas. Votre personne tout entière m'intéresse.
- Ah, bon… dans ce cas…

Mes joues virent au cramoisi, je cherche quoi dire pour lui parler de moi. Il ne me presse pas mais, pour m'encourager, il m'adresse un autre de ses sourires.

- J'ai vingt-six ans, je suis originaire de St James, Minnesota. J'ai une sœur, Gillian, mais nous ne sommes plus en contact depuis des années. J'ai suivi des études linguistiques et littéraires dans l'université la plus proche et obtenu mes diplômes. Je suis traductrice littéraire, épanouie dans mon travail. Je suis en couple depuis presque cinq ans avec mon fiancé, David. Nous habitons à Boston.

J'ai lâché tout ça d'une traite et je regrette la dernière partie. Pourquoi est-ce que je lui parle de David ? A-t-il seulement besoin de le savoir ?

Imperturbable, il demande :

- Quand devez-vous vous marier ?
- Le 10 janvier prochain.

Il penche la tête sur le côté, comme si ma réponse lui paraît étrange. Est-il en train de m'analyser ?

- Vous ne voulez pas vous marier, affirme-t-il.
- Bien sûr que si ! Pourquoi dites-vous ça ?
- Vos yeux ont fui les miens quand vous m'avez répondu et votre voix a légèrement changé d'intonation. Pourquoi ne voulez-vous pas vous marier ?

Je suis incapable de lui mentir, il m'a percée à jour. Il a compris que je ne veux pas de cet anneau et d'une belle robe blanche, ni porter le nom de David. Du moins, que je n'en voulais plus. Comment le lui avouer ? Et comment expliquer ce changement ?

- Disons que je ne me sens plus tellement prête à franchir ce cap.

Il acquiesce en silence et je lui suis reconnaissante de ne pas surenchérir. Le sujet est assez épineux comme ça.

Un autre sourire et je réalise que, moi aussi, j'aimerais apprendre à mieux le connaître, savoir d'où il vient, s'il a des frères et sœurs, son parcours professionnel... et s'il est marié ?

- À mon tour, je crois. J'ai trente ans et je suis né à Baltimore, Maryland. Je n'ai ni frère ni sœur et ce manque m'a plongé dans la musique. En outre, j'ai suivi plus tard des études pour être professeur en communication mais mes facultés m'ont fait changer de voie. J'ai su, assez tôt dans l'adolescence, détecter les mensonges chez les autres. Le visage trompe toujours.

Une courte pause, un coup d'œil à la porte d'entrée et il reprend :

- Mon père, dont je suis proche, est encore en vie. Je n'ai ni femme ni enfants qui m'attendent et, à vrai dire, je commençais à désespérer de trouver la femme... idéale.

Je tique sur le passé qu'il a employé.

- « Commençais » ? relevé-je.

Son regard se fait distant, comme s'il était ailleurs, plongé dans un rêve irréalisable. Je ne sais pas comment interpréter cette phrase mais je suppose que, comme moi, il a des secrets qu'il préfère garder.

Soudain, il s'écrie :

- Il est déjà dix-neuf heures, Cornelia. Allons-y.

Il laisse les menottes dans son sac et me propose son bras, que j'accepte avec joie. Un vrai gentleman !

Nous faisons le trajet de retour jusqu'à ma chambre dans un silence apaisant. Toujours sans croiser aucun étudiant dans les couloirs. C'en est vraiment curieux.

J'aimerais tout savoir de lui, connaître ses goûts musicaux, s'il aime la lecture, s'il a des rêves… Le moment des confidences est passé pour aujourd'hui. Peut-être demain ?

Une fois devant la porte de ma chambre, il embrasse mes mains :

- J'ai un tas de copies à corriger pour ce soir. Ç'aurait été un plaisir de revenir vous voir tout à l'heure pour poursuivre notre conversation mais je ne pourrai malheureusement pas.
- Vous n'avez pas à vous excuser, Eli. Je dois vous remercier de tout ce que vous avez fait pour moi. Vous êtes le seul à vous être soucié de me soigner. Vous avez illuminé ma journée, ajouté-je dans un souffle, timide tout à coup.
- C'est réciproque, confie-t-il en plongeant son regard émeraude dans le mien. Très vite, j'aurai de bonnes nouvelles à vous annoncer et vous serez libre.

Je ne m'attends pas à la suite. Il me prend dans ses bras, tentant de me transmettre sa force tout comme son énergie. L'espoir étreint mon cœur, qui se met à battre au contact de son corps pressé contre le mien. Je chuchote un « merci » et me dégage en douceur. Il déverrouille la porte, me tend la chemise pleine de mes travaux. À contrecœur, j'entre dans la chambre. Avant de refermer derrière lui, il me souhaite :

- Bonne nuit, Cornelia.
- Bonne nuit, Eli. À demain.
- À demain.

Et il s'en va. Une question, aussi inattendue que pertinente, traverse mon esprit : pourquoi ne m'aide-t-il pas à m'enfuir maintenant ? Pourquoi n'allons-nous pas à la sortie, tout simplement ? Une autre question me frappe, plus logique encore. Pourquoi n'essaierais-je pas toute seule de sortir d'ici ?

Je regarde autour de moi et me sens tout à coup accablée par ma propre stupidité. Je me pose vraiment des questions bêtes. Je n'essaie pas toute seule peut-être parce qu'il n'y a aucune fenêtre et pas de poignée à la porte ?

Merde.

Alors, le désespoir s'abattant sur moi, je tombe à genoux et me mets à pleurer. Si seulement je connaissais la raison de tout ce bordel.

3ᵉ jour

Vendredi 12 décembre 2014

Boston, État du Massachusetts

Appartement de Cornelia Pikes et David McFlint

Washington Street, 15

Le téléphone sonne depuis cinq bonnes minutes mais il s'en fiche. Éperdument. Il devrait prendre cet appel, il le sait. Il n'en a pourtant pas le courage. Il craint que le détective qu'il a engagé la veille lui annonce le pire. Cette angoisse constante le tue à petit feu, l'empêche de respirer correctement. Le fait ne pas savoir le rend fou. Après tout, peut-être que les flics ont raison : Cornelia l'a quitté sans un mot.

Allongé sur le lit, face dans l'oreiller, il réprime un sanglot avec peine. Le téléphone cesse de sonner et, après dix petites secondes, son smartphone prend la relève. Un simple signal sonore cependant, qui annonce l'arrivée d'un texto. Intrigué, il se redresse sur ses coudes, saisit son IPhone.

Expéditeur : **Détective Mars**.

Message **: Ai une piste, s'il vous plaît, rappelez-moi**.

David ne réfléchit pas davantage. D'un bond, il s'assied sur le lit et compose le numéro de ses doigts tremblants. Son interlocuteur décroche dès la deuxième sonnerie :

-   M. McFlint ! Est-ce que tout va bien ? Vous ne rép...

- Ça va ! coupe-t-il. Vous parliez d'une piste ?
- Oui, j'ai contacté Mass & Chusetts et son responsable m'a certifié qu'elle a terminé très tard mardi soir.
- Il s'est donc passé quelque chose sur le chemin de la maison, déduit-il.
- Apparemment, acquiesce M. Mars. D'après vos indications, Cornelia effectue ce trajet à pied tous les jours. J'ai suivi son itinéraire en interrogeant tous les commerçants sur cette route et un témoin a vu l'enlèvement. Il a vu la camionnette noire s'arrêter devant le Ramsay Park et enlever Cornelia. C'est un jeune serveur qui finissait son service dans l'un des restaurants de la ville et il a eu la présence d'esprit de se cacher et de noter la plaque d'immatriculation avant d'appeler le 911.

Court silence au bout de la ligne, le temps que David assimile ces informations. Il n'en croit pas ses oreilles : un témoin ! Qui n'a pas eu peur de faire son devoir. Mais, dans ce cas, pourquoi la police ne l'a pas cru ? Quelles preuves supplémentaires leur faut-il pour croire à la disparition de Cornelia ? Quelque chose ne colle pas.

- La police enquête sur l'enlèvement de Cornelia, affirme le détective.

Mais David est loin d'être convaincu et le fait savoir :

- J'ai pourtant donné le nom de Cornelia à la police pour signaler sa disparition. On m'a ri au nez. D'après vos informations, ils étaient déjà au courant.
- C'est vrai, dit-il doucement comme s'il réfléchissait. Peut-être vous considèrent-ils comme un suspect ?
- Dans ce cas, pourquoi ne m'ont-ils pas interrogé ?

- Très juste, approuve-t-il encore une fois. Je concède que c'est étrange. Cela dit, d'après ce que j'en sais, ils travaillent sur la place d'immatriculation de la camionnette…

David fronce les sourcils. Une certitude fait peu à peu place dans son esprit. Si la police n'a pas réagi immédiatement après l'appel du témoin – car la procédure aurait voulu qu'on cherche à lui parler de toute urgence – c'est parce qu'elle a reçu l'ordre de ne pas intervenir. Plus les secondes passent, plus il en est convaincu. Ce n'est précisément pas de l'incompétence, c'est de la non assistance à personne en danger.

- Je dois parler au témoin, affirme-t-il. Avez-vous son nom et son adresse ?

Après une hésitation, le détective les lui transmet.

Kyle Bennett, William Street, 37 à Boston.

Sans plus attendre, il s'y rend en voiture et a la chance de trouver le serveur chez lui.

Le jeune homme, d'abord méfiant, lui relate les événements. Kyle a fini son service à 22h15 ce soir-là ; le restaurent ferme à 22h en semaine. Il a croisé Cornelia sur le trajet jusqu'à chez lui, il était également à pied. Une camionnette noire a foncé à toute allure sur elle, deux silhouettes en sont sorties et ont tenté d'emmener la jeune femme de force. Elle s'est débattue tandis que Kyle se mettait à couvert, notait la plaque et appelait les secours. Il a attendu une heure que la police se déplace mais personne n'est venu. Personne n'a pris sa déposition non plus.

Alors, le serveur lui tend ce qu'il a trouvé sur les lieux : une chaîne en argent avec un pendentif en forme de cœur. Le collier que David lui avait offert pour leur cinquième année de vie commune ! Il en est terriblement bouleversé. Il remercie le jeune homme et retourne chez lui. Une drôle d'impression lui étreint le cœur. Quelqu'un en veut à la femme de sa vie. On la suivait peu avant son enlèvement. Et puisque la police ne semble pas encline à la retrouver, M. Mars et lui-même doivent enquêter. À commencer dans les affaires de sa fiancée.

Matin

École Senway – Amphithéâtre 5A

Cours de langue italienne

8h49

Ce matin, M. Murray m'a déposée dans l'amphithéâtre avec une dizaine de minutes d'avance. La salle est moins grande que le 9B et ne se remplit pas autant que pour le cours d'Eli.

La professeure d'italien n'est pas encore là et je meurs d'envie de feuilleter le livre devant moi. L'italien a toujours été l'une de mes langues préférées avec l'espagnol. Le français étant ma spécialité, je n'ai pas le même niveau d'excellence en italien, à mon plus grand regret.

Quelle punition va-t-on m'infliger aujourd'hui ?

La professeure arrive avec cinq minutes de retard (décidément, on prend de mauvaises habitudes dans les amphithéâtres) et un sourire chaleureux sur le visage. Plutôt petite et menue, elle a des cheveux mi-longs couleur de miel, de petits yeux derrière des lunettes en culs-de-bouteille et une peau hâlée. Son sourire découvre des dents pas tout à fait droites mais cela me suffit pour aimer ce visage. Sa voix est douce mais ferme, si bien que tout le monde dans l'amphithéâtre boit ses paroles.

- *Buongiorno, tutti ! Benvenuti. Vediamo se tutti voi avete fatto i compiti. Nel fratempo, prendete il libro pagina settentacinque.* [1]

J'aimerais tellement faire comme eux, ouvrir le livre à cette page et être une étudiante à part entière. Moi qui n'en avais aucune envie à mon arrivée...

La professeure me jette un œil et fait une drôle de tête. Comme si elle se rappelait soudain que je suis là. Tandis que les étudiants déballent leurs affaires dans un silence relatif, elle s'approche lentement de moi et me dit :

- *Mi spiace, l'avevo dimenticata. Sono Signora Gasparini. Conosce l'italiano, vero ?*[2]

Difficile de répondre avec ce foutu bâillon mais j'acquiesce énergiquement de la tête, ce qui élargit son sourire. De son index droit, elle tapote son oreille et murmure :

- *Bene. Allora ascolti.*[3]

L'ordre claque comme une gifle. Son ton n'a plus rien d'amical. Loin de moi l'idée de me la mettre à dos, je redouble d'attention lors des banals exercices de conjugaison. Je regrette le cours d'Eli, où j'avais eu le droit à la parole, à la réflexion. Partout ailleurs, je n'ai que l'obligation d'écouter sans rien dire. J'aurais voulu hurler à tous ces étudiants insouciants que cette école n'est pas du tout ce qu'ils croient. Qu'ils ont kidnappé une femme – en l'occurrence moi –

---

[1] Bonjour, tout le monde ! Bienvenue. Voyons voir si vous avez tous fait vos exercices. Pendant ce temps, prenez vos livres à la page 75.
[2] Je suis désolée, je vous avais oubliée. Je suis Mme Gasparini. Vous connaissez l'italien, n'est-ce pas ?
[3] Bien. Alors, écoutez.

qu'ils battent et retiennent contre sa volonté. Qu'ils ouvrent les yeux, bon sang !

Je tente de dégager mes bras. Aussitôt, une douleur aiguë s'infiltre dans mes os, provoquant des larmes que je retiens de justesse. Je ne me montrerai plus jamais faible. Et je prends la décision qu'à la première occasion qui se présentera à moi, je m'enfuirai. Coûte que coûte.

J'en arrive à cette conclusion lorsque Mme Gasparini plaque sa main sur la table devant moi, me sortant de mes songes. Je lève la tête et je dois avoir une mauvaise lueur dans les yeux car elle explose :

- *Non mi guardi così ! Mi piaccerebbe che anche Lei faccia alcuni compiti*, ajoute-t-elle d'une voix dure avant de me monter une feuille. *E per la settimana prossima per favore !*[4]

Tout le monde dans cette école semble croire que je vais rester indéfiniment ici. Indéfiniment *en vie*. Je plisse les yeux, durcissant mon regard. Elle prend cela comme de la rébellion, une forme de provocation, et sans même un regard pour ses étudiants, me gifle. Comme ça, devant tout le monde. Je sens le goût cuivré, si caractéristique, et tellement écœurant, du sang dans ma bouche.

Plus jamais faible.

PLUS JAMAIS.

Ces mots résonnant dans mon esprit, je redresse la tête avec un air de défi. Je croyais qu'elle arrêterait là mais elle frappe encore une fois. Dernièrement, j'ai acquis une capacité d'encaissement des

---

[4] Ne me regardez pas de cette manière ! J'aimerais que vous fassiez aussi quelques exercices. Et pour la semaine prochaine, s'il vous plaît !

coups absolument remarquable. J'inspire plus fort, lui faisant percevoir ma colère, et je sais qu'elle frappera encore. Elle continuera jusqu'à ce que je ne lui tienne plus tête.

Elle se trompe. Lourdement.

- Madame, arrêtez ! crie quelqu'un dans les méandres de la salle.

Mon corps entier se fige. Cette voix... se peut-il que... ? Que ce soit le jeune de l'autre jour ? M. Aubrahn ?

Cela me décide à relever le visage une fois de plus. La professeure me dévisage de ses yeux déments où la haine perce et, soudain, elle ferme les paupières. Le poing tremblant toujours en l'air. Au prix d'un immense effort, je le vois bien, elle réussit à contrôler sa fureur – ou sa folie, comme vous voulez. Elle rejette ses cheveux en arrière, pivote sur elle-même et revient sur l'estrade. Elle revêt son costume de parfaite professeure d'italien, plaque sur son visage un sourire aussi faux que la poitrine d'Angelina Jolie. La métamorphose est stupéfiante mais elle ne me trompe pas.

Je dois me rendre à l'évidence : tous les professeurs sont des psychopathes en puissance. Non, pas tous...

Je cherche dans la multitude de silhouettes qui m'entourent, celle de mon sauveur du jour. Je l'aperçois enfin et lui adresse un signe de tête reconnaissant qu'il me rend en souriant.

Je n'ai pas à attendre longtemps la fin du cours. Cinq minutes à peine plus tard, M. Murray vient me récupérer. Tous les étudiants sont déjà partis, je suis donc seule avec la professeure et mon geôlier. Qui, comme à son habitude, demande :

- Cela s'est-il bien passé ?

Mme Gasparini me jette un coup d'œil. Tout le calme qu'elle avait réussi à s'imposer est tout d'un coup balayé par son hystérie. Sa voix, terriblement teintée de son accent italien, monte dans les aigus quand elle hurle :

- Pas du tout ! Cette sotte n'a rien d'obéissant, ce n'est qu'une insolente !

Je ne vois pas bien comment on peut se montrer insolente en étant bâillonnée, mais bon... Je m'attends à ce que M. Murray lui demande d'expliquer ses propos. Il n'en fait rien. Au lieu de quoi, il me détache de la chaise avec brusquerie. Je vois déjà le regard plein de dédain de la professeure, j'arrive presque à percevoir son sentiment d'injustice. Mais je n'ai pas gagné.

M. Murray ne me menotte pas comme à son habitude. Il me tord violemment le bras dans le dos. La douleur est si vive que mes jambes se dérobent sous moi. Mais c'est un cercle vicieux car plus je m'approche du sol et plus la douleur est insoutenable. Et pour cause ! Mon bras forme un angle de plus en plus improbable. Toujours bâillonnée, ma respiration se fait saccadée et je ne peux réprimer mes gémissements de douleur.

Quand il en a assez, il me menotte presque en douceur. Je capte la satisfaction perverse de Mme Gasparini. Ça me rend folle de rage. Je ne compte pas me laisser faire. Pas cette fois.

Rechargée d'une énergie nouvelle, j'amasse mon courage afin de lui envoyer mon genou dans les parties intimes. Mon regard ne s'attarde pas sur mon geôlier à genoux, ni sur la professeure qui hurle sa fureur. Les mains dans le dos, je sors en trombe de l'amphithéâtre. Je déboule dans le couloir vide, les étudiants déjà dans d'autres salles de classe. J'inspire et expire avec peine, le bâillon faisant barrière à l'air qui trouve difficilement son chemin jusqu'à mes poumons.

Je me mets à courir de toutes mes forces en direction de la grande porte vitrée qui débouche sur l'immense cour. Contre toute attente, je réussis à l'atteindre sans trop de difficultés. Cependant, une fois dehors, je suis complètement perdue. Aucune idée d'où je suis ni où je dois aller.

Rapidement, j'observe ce qui se trouve autour de moi et, soulagée, aperçois la bibliothèque en face. J'imagine déjà les agents de sécurité quitter la tranquillité de leur poste pour courir vers moi. Mais je m'en fiche. Parce que dans mon champ de vision vient d'apparaître le grand portail de l'entrée principale.

Sans plus réfléchir – par exemple à comment ce portail va s'ouvrir – je me précipite dans sa direction. Je prends mes jambes à mon cou, traversant la cour gigantesque de l'école Senway. J'entends des pas derrière moi mais je ne m'arrête pas. Je ne comprends pas tout de suite qu'ils courent plus vite que moi. Ni qu'ils me rattrapent à une vitesse que je ne pourrais jamais égaler. Je ne le comprends que lorsqu'un des agents me plaque sur le sol en béton, tire mes cheveux en arrière et me cogne la tête par terre.

Puis c'est le néant.

École Senway – bâtiment administratif

Bureau du directeur Sweets

11h17

J'ouvre péniblement les yeux. J'ai l'impression étrange (et ô combien douloureuse) qu'on prend mon nez pour l'arracher. Qu'on tire mon bras pour me démembrer. Qu'on m'enserre la cage thoracique dans un étau. On m'a une fois encore attachée à une chaise. Sauf que là, mes jambes ne font qu'un avec elle. Je ne peux plus bouger. Je peine toujours à respirer, mon nez doit être complètement bouché avec tout ce sang, aussi j'essaie de le faire par la bouche. Je me rends alors compte 1) qu'on m'a retiré le bâillon, 2) que je me retrouve, comme au départ, dans le bureau de M. Sweets.

C'est d'ailleurs à cet instant qu'il choisit de faire son « entrée en scène ». Il claque violemment la porte derrière lui et s'avance jusqu'à son fauteuil, les traits tirés par la colère.

- Vous m'avez fortement contrarié, Mademoiselle Pikes ! s'écrie-t-il.

Je me mets à rire. Comme ça, bêtement.

Mais bien sûr, aggrave ton cas, abrutie.

Je sais que c'est complètement stupide de provoquer le directeur de cette école de sadiques mais je m'en fiche. Je suis peut-être en train de perdre la boule mais j'ai surtout décidé de ne plus avoir peur, de ne plus jamais être faible. Ce qu'il peut m'arriver de pire, c'est la mort. Et je suis prête à cette éventualité.

- Vous m'en voyez désolée, dis-je d'une voix rauque, endormie par la douleur.

Furieusement, M. Sweets pousse son fauteuil qui tombe lourdement et se lève.

- Vous vous moquez de moi ? s'égosille-t-il.
- Vous êtes un homme perspicace, M. Sweets, rétorque-je en crachant son nom.
- Je ne tolérerai pas une telle insolence !
- Vous savez quoi ? Je m'en fous. Vous pouvez me tuer, ça m'est égal. Mais mon fiancé vous retrouvera et j'aime autant vous dire que vous regretterez le jour où vous avez respiré pour la première fois.

Je pousse sûrement le bouchon trop loin. Quelle importance ? Le but est de lui prouver que je n'ai pas peur. Ni de lui ni de la mort.

D'un coup, c'est comme si le sang déserte son corps pour n'être que dans son visage. Il est littéralement rouge de rage. D'un geste impérieux de la main, il ordonne à deux agents d'approcher. Je sais qu'ils étaient dans mon dos, à attendre les ordres. Je pensais voir surgir M. Murray, comme d'habitude. L'une des deux silhouettes qui émergent de l'ombre n'est autre que David. L'adjoint au directeur. Les battements de mon cœur s'accélèrent. Mes yeux s'écarquillent, provoquant un pincement très désagréable à mon nez.

Aujourd'hui, il ne porte pas de costume noir mais un jean, une chemise blanche sous un blazer bleu marine. Il laisse ses boucles faire ce que bon leur semble, et arbore son regard de chien battu.

Il ne me regarde pas. Il attend les ordres de son supérieur. Lequel quitte le confort de son bureau pour se diriger vers la porte de sortie, tout en s'adressant à David :

- Occupez-vous d'elle. Je vous laisse carte blanche sur la façon de lui faire comprendre qu'ici, c'est une école, pas un pénitencier.
- Entendu, Monsieur.
- Dans ce cas, glissé-je, il faudrait revoir les C.V. de vos enseignants !

La porte claque une nouvelle fois, il ne m'a même pas entendue. Je m'obstine à poser les yeux partout sauf sur lui. Alors, avec une douceur familière et bien trop fausse à mon goût, il me demande :

- Pourquoi avez-vous fait ça ?
- Je ne veux pas vous parler, décrété-je. Vous pensez pouvoir jouer au salaud un instant et le gentil celui d'après ?

Il ne réplique rien. Tant mieux, ça signifie qu'il comprend. Ses pas résonnent dans la pièce. Il s'approche assez pour s'agenouiller devant moi. Je garde mon expression butée.

- Regardez-moi, ordonne-t-il.

Je l'ignore. Superbement. Mais, de ses mains douces, il prend mon visage et susurre mon nom :

- Cornelia.

Je ne peux résister. Je pose enfin mes yeux sur lui, sur son visage inquiet et scrutateur. Quoique, non, pas inquiet. Triste. Le David que j'ai connu et apprécié est de retour.

- Je suis désolé. Sincèrement.
- Vous ne valez pas mieux que Murray, lâché-je entre mes dents serrées. Vous êtes même pire.

Une lueur que je n'arrive pas à définir traverse son regard. Elle me fait prendre conscience que je suis trop dure dans mes mots. Je me radoucis.

- Vous m'avez demandé pourquoi j'ai voulu m'enfuir. N'est-ce pas évident ?
- Je suis désolée, Cornelia, répète-t-il.
- Aidez-moi à m'échapper.
- C'est impossible.

Je me doutais qu'il refuserait. Cependant, la déception est immense. Je pousse un soupir. Je ne dois pas pleurer. Il se relève, l'air encore plus abattu que de coutume. Je prends une inspiration et murmure :

- Si vous ne voulez pas m'aider, c'est ce que vous êtes incontestablement de leur côté. Alors, cessez la fausse gentillesse et faites ce que vous avez à faire.

Je tends ma joue gauche, ferme les paupières et attends la gifle – voire le coup de poing – patiemment. Mais elle ne vient pas. Je redresse la tête.

- Je ne vous ferai plus jamais de mal, Cornelia, promet-il.

Ce mensonge éhonté…

- Alors ne m'approchez plus jamais, répliqué-je en durcissant le regard.

Il hoche lentement la tête. Doucement, il vient vers moi et esquisse un geste de la main destiné à quelqu'un derrière moi. J'entends des pas.

- Monsieur ? demande une voix grave.

- Détachez-la et amenez-la au cours de M. Foster. Ne reproduisez pas la même erreur que M. Murray.
- Bien, Monsieur.

On me détache avec beaucoup de précautions sous la surveillance de David. Fermement, on me fait quitter la pièce. Sourcils froncés, je suis le mouvement sans rechigner. Quelque chose m'échappe.

École Senway

Bâtiment résidentiel, chambre 1109

12h05

J'arrive dans ma chambre, vidée de mes forces. Nous ne sommes pourtant qu'à la moitié de la journée. Mon nez me fait atrocement souffrir, sans parler de mon bras et de toutes les courbatures dans mes jambes. Même m'allonger devient un supplice. Je me sens seule, désemparée, cassée en mille morceaux.

J'ai toujours été d'un naturel pessimiste – ou réaliste, à vous de voir – et j'ai appris que dans la vie, les emmerdes n'arrivent jamais seules. Contrairement à ceux qui voient toujours le bon côté des choses, je sais que le pire est toujours à prévoir.

On frappe à la porte. Je crois rêver alors je ne réponds pas. Et, de toute façon, je ne veux voir personne. Qu'ils aillent tous au diable !

- Cornelia ?

Mon cœur se met à battre follement quand j'entends la voix d'Eli. Je me redresse brutalement, je vois trente-six chandelles. Un vertige me saisit mais je me reprends du mieux que je le peux.

- Eli, c'est vous ?
- Oui, je... peux entrer ? Si je ne vous dérange pas, bien sûr ?
- Vous ne me dérangerez jamais ! assuré-je. Entrez.

La clé tourne dans la serrure puis la poignée. Et il déboule dans la chambre. Mon cœur se serre, je ne peux retenir un cri de stupéfaction. Sa paupière est bleue, gonflée et sa lèvre inférieure fendue. Ignorant la douleur, je me précipite vers lui.

- Eli ! Est-ce que ça va ?
- J'ai connu mieux.

Il remarque soudain mes contusions et me retourne ma question à laquelle je réponds par un « ça va » peu convaincant, même à mes oreilles.

Il hausse un sourcil, ce qui a un drôle d'effet avec son œil dans cet état. Il secoue lentement la tête et commente d'un ton doux :

- Vous mentez très mal, Cornelia. N'oubliez pas qui est en face de vous.
- Je vous dis que ça va, affirmé-je fermement. Je commence à avoir l'habitude. Qui vous a fait ça ?

Il laisse planer un silence qui me met mal à l'aise. Pourquoi ne veut-il rien me dire ?

- C'est Dav... Gresson, n'est-ce pas ?

Nos regards se croisent un court instant. Et je sais. Je sais dans un premier temps qu'il ne me le dira jamais et dans un second que c'est bien le directeur-adjoint qui l'a frappé. Il ne l'a pas raté, en outre. Je baisse la tête.

- Ne vous sentez pas coupable. Ce n'est pas la première fois.
- Pourquoi vous déteste-t-il tant ? demandé-je, vraiment intriguée.
- Une histoire d'égo surdimensionné blessé, ni plus ni moins.

Je fronce les sourcils (coutume bien trop courante ces dernières heures). Mes jambes peinent à me garder debout, je retrouve ma place sur le lit.

- Que voulez-vous dire ?
- Mon cours a toujours eu plus de succès que le sien. Je le dis sans prétention, ce sont les faits. Pour un professeur de sa renommée, c'est un échec. Un affront.

Ça paraît crédible, j'ai constaté par moi-même le complexe d'infériorité de David vis-à-vis d'Eli. Néanmoins, cette explication ne me satisfait pas entièrement. Comme si elle était incomplète. Je décide de ne pas m'y attarder.

- Fallait-il vraiment qu'il en arrive aux mains ? répliqué-je. Tout ça parce que vous êtes meilleur professeur ?

Nous savons tous les deux que d'autres enjeux sont concernés dans ce cas précis. C'est au-delà d'une simple rivalité entre professeurs même si je n'arrive pas forcément à en saisir tous les tenants et aboutissants.

Pour seule réponse, il me sourit. Puis, lentement, ce sourire s'estompe et ses yeux s'assombrissent. La transformation en est terrifiante.

- Pourquoi ne pas avoir attendu ?
- Attendu ? répété-je brillamment.
- Que nous ayons un plan, comme convenu, glisse-t-il avec un léger ton de reproche.

Il paraît sincèrement blessé que j'aie tenté de m'évader sans lui. Et je ne pensais pas en être moi-même autant affectée.

- Je suis désolée, Eli. Une occasion s'est présentée et j'ai voulu tenter ma chance. Vous... êtes en colère contre moi ?

Il garde le silence un court instant, me dévisage, soudain intimidé et finit par murmurer :

- Non, bien sûr que non. J'en serais bien incapable. Je voulais juste...

Il semble soupeser les conséquences de terminer sa phrase, secoue la tête. D'un mouvement de la main, il balaie sa dernière remarque.

- Non, rien. Oubliez ça.
- Je vous en prie ! N'ayez pas peur de me dire ce que vous pensez.

Il hésite encore. Je ne l'ai jamais vu aussi indécis, c'en est déroutant.

- Je tiens vraiment à vous sortir de là. Comme... comme un chevalier qui volerait au secours de la demoiselle en détresse...

J'en reste bouche bée. Si je m'attendais à ça de sa part... Le rouge me monte irrémédiablement aux joues. Un silence gêné s'impose entre nous, le vert de ses iris paraît plus intense à cet instant.

Soudain, il rompt le charme :

- Vous devriez prendre une douche pour enlever tout ce sang.
- Vous avez raison, concédé-je dans un souffle en me levant.

Je m'empare d'affaires propres, me dirige vers la salle de bains. Il m'adresse un clin d'œil, je lui souris puis referme la porte. Je m'y adosse, un sourire béat sur les lèvres. L'impression qu'Eli peut me voir à travers les murs ne me quitte pas. Je me sens si démunie tout à coup...

Sans perdre davantage de temps, je commence à me déshabiller. Chaque geste m'arrache une grimace de douleur et la panique me gagne quand je constate que je ne parviens pas à attacher mes cheveux ni à dégrafer mon soutien-gorge malgré mes tentatives désespérées. Je me mets à rougir de honte. Mon cœur tambourine dans ma poitrine. Moi qui répugne à demander de l'aide, d'autant plus dans cette école de timbrés, je vais être réduite à demander à Eli de me déshabiller.

À contrecœur, j'ouvre la porte. Immédiatement, je l'entends :

- Quelque chose ne va pas ?
- Est-ce que vous pourriez venir m'aider ? C'est assez... embarrassant...
- Si je dois vous savonner tout entière, « embarrassant » n'est qu'une question de point de vue.

Je marque une pause, haussant un sourcil.

Vient-il vraiment de dire ça ?

Je reprends mes esprits.

- Non. À vrai dire, je ne parviens pas à dégrafer mon soutien-gorge à cause de mon bras. Auriez-vous la gentillesse de le faire pour moi ?

J'ai réussi à demander ça d'une traite, sans tremblements dans la voix, ni hésitation. Dans un autre contexte, cette demande aurait revêtu une invitation au sexe. Mais pas ici.

Après seulement quelques secondes, il est devant moi, un rictus déformant ses lèvres pleines. D'un geste poli, il m'invite à me tourner face au miroir. Les yeux dans la glace, je l'observe attentivement dégager mes cheveux du côté droit. Ses doigts chauds effleurent mon dos puis dégrafent mon soutien-gorge aisément, lequel se desserre. Je le retiens de justesse avec mes bras – avec une autre grimace de douleur – mais pendant une seconde, ma poitrine est à découvert. Je sais qu'il l'a aperçue. Il ne dit rien et je décide de ne pas y prêter attention. Contrairement à ce que je pensais – ou craignais – il ne s'écarte pas. Ne quitte pas la petite pièce. Au lieu de quoi, il pose ses paumes sur mes épaules, les pouces sur ma nuque. Même s'il paraît dérangé par mes longs cheveux, il n'en montre rien. Expert, il me masse. Fermement, lentement.

Tous mes muscles se relâchent, mes paupières se ferment. Au bout de quelques minutes, ses mains caressent l'intégralité de mon dos, contact si doux et pourtant si sensuel. Mes cheveux se dressent sur ma tête. J'entends le souffle irrégulier d'Eli derrière moi et ça m'électrise.

-       Votre peau est si douce...

Bon sang, depuis quand mon propre fiancé ne m'a-t-il pas touchée de cette manière ?

Il délaisse ses caresses pour reprendre son massage et je suis bien incapable de dire ce que je préfère des deux. C'est si doux, si aérien. Jamais, ô grand jamais, David n'a été d'une telle tendresse envers moi. Sans dire qu'il est une brute, il ne fait rien dans la subtilité...

Mais qu'est-ce qui me prend de penser des choses pareilles ?

Le souffle d'Eli se fait de plus en plus proche de ma peau, se concentre au milieu de mes omoplates. Tendrement, il y dépose un baiser et chuchote :

- Je crois que ma mission est accomplie, vous pouvez prendre votre douche.

Lentement, comme s'il n'avait aucune envie de me laisser seule, il glisse ses mains le long de mes bras.

- Est-ce que vous pourriez attacher mes cheveux, aussi ?

Il acquiesce en silence, dans un sourire plein de chaleur. Puis il quitte la pièce, refermant la porte derrière lui.

**

Il est en train d'étudier la fiche de lecture que j'ai commencée sur le livre de Fitzgerald lorsque je reviens. Le souvenir de ses mains sur mon dos me fait perdre toute contenance. Je devine déjà le rouge monter à mes joues, le sourire un peu gêné sur mes lèvres. Et celui qu'il me renvoie à cet instant me perturbe plus que de raison.

- Vous n'avez pas à être embarrassée.
- Embarrassée ?
- Vous montrez tous les signes de l'embarras. Vous fuyez mon regard, vos lèvres sont légèrement pincées et surtout, vous rougissez.

Je soupirai bruyamment de dépit en m'asseyant sur le lit. Il penche la tête, comme s'il cherchait à déchiffrer mes pensées. Et je suis sûre qu'il y parvient. Toutefois, il ne sourit plus, semble avoir perdu de son assurance. Alors, il me rejoint sur le lit, attendant patiemment que je lui ouvre mon cœur.

- Ça va être difficile de supporter ça plus longtemps.
- De quoi parlez-vous ?
- Le fait que vous lisiez en moi comme dans un livre ouvert. C'est vraiment... perturbant.

- Je suis désolé, souffle-t-il. À vrai dire, vous voir embarrassée m'octroie un sentiment satisfaisant. Ça prouve que ce qu'il s'est passé signifie quelque chose pour vous.

Cette réponse me déstabilise. Peut-être a-t-il mal interprété mon malaise mais il paraît sûr de lui.

- Et que s'est-il passé, au juste ?
- Quelque chose qui vous a détendue. Ou plutôt quelqu'un. Moi, en l'occurrence.

Je baisse les yeux. Je ne cesse de penser à David.

Mon fiancé, évidemment, pas ce jaloux de Gresson. Je rechigne à l'appeler plus longtemps par son prénom.

Ce qui se passe ici, entre Eli et moi, bien que ça reste en tout bien tout honneur, n'est pas juste envers lui. Pas juste envers nous, notre couple. Pour la première fois depuis que nous avons décidé de nous mettre en ménage, je doute de ce qu'il y a vraiment entre nous. Et je me sens terriblement coupable de ressentir ce doute.

- Que se passe-t-il ? finit-il par demander.

Je n'ai certainement pas envie de lui parler de ça. Nous ne sommes pas amis. Nous ne nous connaissons pas. Il fait partie des personnes qui me retiennent prisonnière ici, je ne dois surtout pas l'oublier même s'il est le seul à me proposer son aide. Après tout, si tout se passe comme nous le voulons, Eli ne serait que de passage dans ma vie. Pourquoi me confierais-je à lui ?

Parce que tu commences à t'attacher, abrutie.

- J'ai peur qu'il vous arrive malheur par ma faute, avoué-je dans un souffle.

- C'est pourtant bien connu, contre-t-il avec un sourire étrange. « Le héros meurt toujours à la fin ».
- Je suis absolument stupéfaite par le détachement dont vous faites preuve face à une pareille situation.

Il se lève, se penche gracieusement en avant, effectuant une révérence respectueuse – et exagérée. Et ça me fait rire. C'est si absurde que j'en ris.

Il se redresse, triomphant, un magnifique sourire illuminant son visage pâle et contusionné.

- Mission accomplie ! J'ai réussi à vous faire rire.

Tout ça n'était qu'une tentative d'humour. Un vrai succès en tout cas.

Au ralenti, il reprend sa place à côté de moi, saisit ma main afin de la porter à ses lèvres. Il l'embrasse en douceur, faisant naître des frissons sur ma peau. Ses yeux ne me quittent pas, comme s'ils cherchaient un quelconque signe. Comme s'il savait l'effet qu'il me fait.

Puis quelque chose se réveille subitement dans mon subconscient. Il doit remarquer le changement dans ma posture car il cesse de caresser ma main et hausse un sourcil.

- Si Gresson vous a frappé, j'imagine qu'il vous a interdit de venir me voir ?
- Vous supposez bien ! acquiesce-t-il. Mais je n'ai aucun ordre à recevoir de lui. Le directeur, en revanche, m'autorise à venir vous voir autant que nécessaire.

Il hésite un instant à poursuivre ses révélations, durant lequel son regard se perd sur la porte entrouverte. Il lâche dans un souffle :

- Il pense que je réussirai là où Gresson a échoué.

Et là où Gresson a échoué, c'est à me tuer. Son affirmation glace mon sang dans mes veines. Le directeur fait donc pleinement conscience à Eli pour reprendre le flambeau, pour m'assassiner en toute impunité.

Mais c'est absurde. Pourquoi me le révéler s'il est de mon côté ?

- Je compte bien utiliser cet avantage pour vous faire sortir de là.
- Avez-vous un plan ?
- Nous en reparlerons tout à l'heure, promet-il.

Je cache du mieux possible ma déception de ne pas pouvoir rester avec lui. Avec lui, tout paraît si simple. Avec lui, je me sens en sécurité.

École Senway – Salle 318

Cours de vocabulaire américain

14h03

Fière, je vois l'agent de sécurité remettre mon devoir de grammaire à Mme Wenns. Même si je suis déjà installée, je ne perds rien de sa réaction : elle ne daigne pas y jeter un œil, se contente de le poser sur le coin supérieur droit de son bureau. Tout juste si elle ne le met pas à la poubelle. Son attention est tout entière focalisée sur moi. Et là voilà qui jacasse :

- Mademoiselle Pikes, j'ai entendu de vilaines choses sur vous ! Avez-vous vraiment tenté de partir ce matin ? Ma collègue s'en est trouvée fort vexée.

Je m'en fous. Carrément. Royalement. Je l'ignore comme je le fais si bien ces derniers temps, fixant obstinément une affiche vantant l'importance des auxiliaires dans la langue anglaise. Mon nez me fait toujours autant souffrir et je fais appel à toute ma force mentale pour ne pas y penser.

Mme Wenns commence son cours sans plus de commentaires farfelus. Elle nous donne plusieurs définitions de mots bien souvent mal compris ou mal utilisés.

Une quinzaine de minutes passent de cette façon, jusqu'à ce qu'elle s'interrompe pour m'observer en plissant les paupières. On dirait qu'elle réfléchit intensément à quelque chose qui la dépasse, ça lui donne vraiment un air idiot. Elle s'avance, hésite, puis semble prendre une décision. L'air déterminé masque l'air bête et elle sort appeler l'agent devant la porte.

- Appelez du renfort si vous voulez, dit-elle d'un ton supérieur et hautain. Je veux qu'elle ait la main libre pour écrire et faire ses exercices. Je veux voir ce qu'elle vaut vraiment en conditions réelles.
- Bien, Madame. Je pense que ma personne devrait suffire.

Mais qu'est-ce qu'elle raconte ? « ce qu'elle vaut en conditions réelles »... Parce que tout ce qui se passe ici ne sont pas des « conditions réelles » ? Une furieuse envie de lui cracher au visage m'anime.

Avec des gestes brusques, l'agent me détache les mains du dos en prenant bien soin, par la suite, de ne laisser libre que la droite. Mon bras se rappelle à mon bon souvenir. Mme Wenns me fournit deux feuilles recto-verso et un stylo.

- J'aimerais que vous fassiez ces exercices de vocabulaire et de grammaire jusqu'à la fin du cours, Mademoiselle Pikes. Vous ne resterez pas sans rien faire.

De force, elle me met le stylo entre les doigts et d'un geste, m'ordonne d'entamer les devoirs. Silencieusement, sans faire d'histoires, je m'exécute. Je sais qu'Eli a un plan et que bientôt, je n'aurai plus à subir tout ça. Bientôt, je ne serai plus en danger de mort. Bientôt, je retrouverai ma vie, mon job, mon fiancé, mes amies, mes factures de téléphone exorbitantes...

Sont-ils à ma recherche ?

Je poursuis mes exercices quand j'aperçois du coin de l'œil, Mme Wenns revenir à ma table pour y déposer une troisième feuille. Une seule consigne manuscrite : *Vous avez essayé, ce matin, de partir. Énumérez les raisons de votre tentative et argumentez.*

Abasourdie, je fixe la consigne, n'osant plus esquisser le moindre geste. Est-elle sérieuse ? À vrai dire, je n'en doute pas. Parce qu'ici, ils sont tous MABOULES !

Le reste du cours s'écoule lentement bien que je sois occupée à faire les exercices. Petit à petit, mon angoisse grimpe, me rappelant soudain que le prochain cours n'est autre que celui de maths. Comment Gresson va-t-il se comporter ? Va-t-il m'ignorer ? Ou, au contraire, se focaliser sur moi ?

Je prends une grande inspiration. Ne plus jamais avoir peur. Ne plus jamais être faible.

Je me mets à divaguer malgré moi. J'imagine le rictus d'Eli, ses yeux vert intense et le timbre mélodieux de sa voix. Pas de doute, je suis en train de m'attacher à lui. Et c'est extrêmement dangereux. Car peut-être Eli se moque-t-il de moi comme Gresson l'a fait avant lui ? Pour un spécialiste capable de détecter les mensonges comme lui, ne serait-il pas logique de penser qu'il est aussi capable de mentir facilement ?

École Senway – Salle 110

Cours de mathématiques

15h02

J'aurais voulu lui arracher ce sourire arrogant. Il a l'air si fier et content de lui que j'en ai presque la nausée. Autant son sourire m'a séduite par le passé, autant j'en suis dégoûtée à cet instant.

- Nous allons reprendre le cours où nous l'avions laissé. Sortez vos exercices, je vais en ramasser au hasard et nous corrigerons.

Je ne prends même pas la peine de le regarder, encore moins de l'écouter. Qu'il aille se faire voir ! Je me sens profondément trahie. Alors je prends mon mal en patience et attends la fin de son cours. Plus que quelques minutes pour retrouver Eli et ses paroles réconfortantes. Sera-t-il la clé pour me faire sortir d'ici ?

- Mademoiselle Pikes, j'espère que vous vous souviendrez des identités remarquables. Je vous interrogerai très prochainement.

Je l'ignore de plus belle. Je m'en fous carrément de ses identités remarquables !

Mon esprit est assailli de questions sans réponses. Que fait mon fiancé en ce moment ? Et mes amies ? Ont-ils remarqué ma disparition ? Est-ce que mon éditeur s'en sort sans moi ?

Je sens les fourmis dans mes bras, je les bouge doucement pour les chasser. Mais la douleur me lance, brouille ma vue un instant. Je retiens de justesse un gémissement de souffrance. J'ai besoin de soins de toute urgence.

La sonnerie retentit enfin, le supplice prend fin. Tandis que l'agent est occupé à défaire mes liens, le professeur l'arrête d'un geste de la main. Mon cœur cogne contre ma poitrine tant la rage m'envahit. Que veut-il, bon sang ? Me frapper ? M'humilier ?

- Monsieur ? demande l'agent.
- Pourriez-vous rester avec elle pour la surveiller ?
- Je suis navré, Monsieur, vous savez bien que je n'obéis qu'au directeur.

Il n'apprécie pas la réponse, je le vois plisser les yeux. En à peine une seconde, celui que j'ai connu gentil et attentionné devient un monstre dangereux conscient de son pouvoir. Cependant, à ma grande surprise, il n'explose pas de colère. Il serre les poings, ferme les yeux quelques secondes, tente de se contrôler. Quand il reprend la parole, sa voix est froide et cassante.

- Que vous a-t-on ordonné de faire à partir de maintenant ?

- Emmener Mademoiselle à la bibliothèque et en confier la responsabilité à M. Spencer.
- C'est bien ça qui m'embête, rétorque-t-il plus pour lui-même que pour l'agent. Faites ce que vous avez à faire, je vais m'entretenir avec Monsieur le directeur.
- Bien, Monsieur.

L'agent paraît mortellement ennuyé par les soucis du professeur. L'intonation traînante qu'il a employée aurait pu me faire rire s'il ne m'avait pas saisie si violemment par mon bras blessé.

École Senway – Bibliothèque

16h11

À peine la porte de la bibliothèque franchie, je ne vois que lui, assis à une table, dos à nous.

Il est là !

Au fond de moi, j'ai craint de ne pas le revoir, j'ai eu peur qu'il m'abandonne à mon sort. Dans cet enfer, je me sens moins seule.

Nous le rejoignons lentement, comme si nous avions tout le temps du monde. L'agent se racle la gorge, faisant sursauter Eli, qui se retourne vivement vers nous. Nos regards ne se croisent qu'une fraction de seconde mais c'est amplement suffisant à mon corps pour réagir. Bouffée de chaleur, cœur qui chavire. C'est du grand n'importe quoi. Qu'est-ce qui me prend ?

- Voilà pour toi, Eli ! s'exclame joyeusement l'agent. Je te laisse la clé des menottes et de sa chambre.

Un silence gêné accueille son annonce. Je le vois rougir mais sans se départir de son sourire. Quel changement là aussi ! Cet agent qui, jusqu'à présent, paraissait stoïque fait preuve d'une exaltation surprenante.

- C'était bizarre dit comme ça, non ?
- Un peu, concède Eli en éclatant de rire. Mais venant de toi, plus rien ne me surprend, John !

Ils rient un instant, complices, puis le dénommé John redevient subitement sérieux. Il se penche vers Eli, comme s'il cherchait à lui confier un secret.

- À propos, fais gaffe à toi. Gresson n'est pas content du tout mais je lui aie tenu tête.
- Je m'occupe de lui, réplique Eli en bombant le torse.
- Oui, je vois ça, glisse John en se frottant l'œil avec un sourire moqueur sur les lèvres.
- Serais-tu en train d'insinuer quelque chose ? demande Eli sur le même ton léger.
- Absolument pas !

Ils rient encore. Et mon cœur chavire de plus belle. Le rire d'Eli brille d'une lumière éclatante, il serait capable de faire fondre un glaçon. Je suis d'autant plus époustouflée par l'amitié et la familiarité entre eux. Eli a des ennemis mais heureusement beaucoup d'amis dans cette école.

- En tout cas, merci pour tout, John. Je parlerai de toi au directeur.
- T'as de la chance qu'il te fasse confiance. Dommage qu'il ne soit pas de notre côté. Bon, je vous laisse. À tout à l'heure !

Il nous adresse un signe de la main avant de quitter la bibliothèque. Eli baisse les yeux sur moi, sourit et reste plusieurs secondes comme ça, bêtement. Il se frappe le front du plat de la main lorsqu'il se rend compte que je suis toujours attachée et bâillonnée. Il me détache en douceur, me redonne la parole et s'apprête à dire quelque chose mais je ne lui en laisse pas le temps.

Suivant une envie aussi soudaine qu'incompréhensible, je l'entoure de mes bras, enfouissant mon visage dans son polo gris foncé. Il a un temps d'hésitation puis finit par me serrer contre lui. Il pose sa main gauche sur ma tête, caresse mes cheveux. Une envie de pleurer me saisit. Je me retiens. Plus jamais faible.

Nous restons ainsi au moins cinq bonnes minutes.

- Pardon, je ne voulais pas vous mettre mal à l'aise, dis-je en m'écartant avec un sourire gêné.

C'était le câlin le plus apaisant et réconfortant que j'aie jamais eu !

- Pas de mal, Cornelia.

Il a l'air aussi enchanté que moi, sans le dire pour autant. Il me questionne sur les devoirs que je dois rendre, je lui parle de cette rédaction aberrante que m'a donnée Mme Wenns.

- Nous aurons toujours le temps pour cette rédaction. C'est le week-end. Occupons-nous plutôt de notre plan. Et si nous avons le temps, je vous ferais visiter l'école.

Il a donc vraiment un plan. Mais il paraît soucieux tout à coup et je ne saisis pas pourquoi.

- Ça me gêne d'en parler ici, avoue-t-il en jetant des coups d'œil inquiets autour de lui.

Il a sans doute raison car, bien que ce soit le week-end, les étudiants sont plus nombreux que les autres fois où je suis venue. Autant d'oreilles indiscrètes pourraient causer ma perte et celle d'Eli…

-   Je pense qu'il sera plus facile de vous en parler dans votre chambre.

N'était-ce pas dangereux de m'amener à ma chambre maintenant ? Ne va-t-on pas nous voir et nous poser des questions ? Je grimace d'incertitude mais Eli n'est qu'assurance. Il sait ce qu'il fait, je dois lui faire confiance. Il est le seul qui puisse me sortir d'ici.

En es-tu vraiment sûre ?

-   C'est vous le professeur, je ferai ce qu'il vous plaira.

Mon affirmation le fait partir d'un rire franc. Sur le coup, je ne comprends pas bien et puis, en y réfléchissant, ma petite phrase innocente peut tout à fait revêtir une connotation sexuelle. Et c'est loin d'être mon but.

-   Je suis désolée, ce n'est pas ce que je voulais dire…
-   Vous ne m'obéirez pas, alors ? demande-t-il, amusé.
-   Non. Enfin si. Vous me perturbez.

Ma réponse le fait rire davantage. Est-il capable de se mettre en colère ? Je ne parviens pas à l'imaginer tant sa bonne humeur est contagieuse.

Il refait appel à John pour garder l'entrée de ma chambre. De cette manière, nous pouvons fermer la porte sans crainte de rester enfermés. Nous prenons place sur le lit.

- L'homme qui garde votre chambre est quelqu'un de bien, il est le seul de notre côté. Nous nous connaissons depuis longtemps, confie-t-il. C'est lui qui vous fera sortir d'ici. Vendredi soir prochain vont débuter les congés de Noël et la majeure partie des étudiants seront partis rejoindre leur famille. M. Sweets compte mettre des agents d'astreinte. Le moment le plus propice à votre évasion est samedi prochain.

Le silence nous enveloppe tandis que je réfléchis longuement. Attendre que les bâtiments soient vides et compter sur un agent de sécurité est plutôt bien pensé. Peu de risques de me faire repérer, n'est-ce pas ? Mais pour sa réussite, il me faut faire confiance à une tierce personne, un inconnu.

Si Eli a foi en lui, je peux bien faire de même, non ?

- Je sais qu'il vous faudra supporter cette torture une semaine de plus, reprend-il. Je suis conscient. Mais je n'ai pas d'autre solution.

Un autre silence tombe. Mon cœur rate un battement. Une semaine supplémentaire dans cette école de cinglés ? N'y a-t-il vraiment pas d'autres options ? Ne puis-je donc pas retenter une évasion par moi-même plus tôt ?

- Mais je vous promets que je ferai mon possible pour que ce soit le plus supportable.

Je n'ai pas la volonté de lui répondre. Je me sens désespérée. Il est toutefois le seul à m'apporter un plan, une possibilité. Je dois saisir cette chance malgré ce que ça va sûrement me coûter.

Lentement, je hoche la tête. Ses lèvres s'étirent en un rictus approbateur. Je dois l'admettre : je suis complètement déstabilisée par cet homme.

Est-ce un ange tombé du ciel ? Ou, au contraire, un démon déguisé en bon samaritain ?

Je me rends compte que malgré le temps que nous passons ensemble, je ne parviens pas à le cerner. Je doute encore de sa sincérité.

Mais il est mon seul espoir. La lumière au bout de mon tunnel.

4ᵉ jour

Samedi 13 décembre 2014

École Senway

Bâtiment résidentiel, chambre 1109

10h41

À moitié endormie, je jette un œil sur le radio-réveil posé sur la table de nuit. L'heure qui s'affiche me laisse abasourdie. Pour la première fois depuis le début de l'enfer, personne ne m'a réveillée. Et malgré mes blessures, mes courbatures, mon angoisse, j'ai dormi comme un bébé.

Je m'assieds sur le lit après avoir rejeté les draps sur le côté. Encore dans le coaltar, je me remémore la soirée de la veille.

Eli n'a pas quitté ma chambre avant 22h. Nous avons dîné ensemble – bien que, dans ces conditions, les choses paraissent beaucoup moins romantiques –, discuté de nos vies respectives et travaillé sur mes devoirs de littérature et de grammaire. Comme si nous nous connaissions depuis toujours. Eli est un homme doté de franchise et d'humour, deux qualités qui m'ont fait rire tant de fois hier.

Presque onze heures et il n'est toujours pas là. Je ravale ma déception et me décide à prendre une douche. S'il n'y a pas de cours ce week-end, peut-être n'y aura-t-il pas de tortures non plus ?

À peine sortie de la salle de bains emmitouflée dans une serviette, la porte s'ouvre en grand sur Gresson flanqué de deux agents, dont John. Je cache ma nudité autant que je le peux mais les regards des trois hommes me mettent à nu malgré toute ma volonté. Les rondeurs de ma poitrine les intéressent tout particulièrement. Ne manquait plus que ça !

Gresson tient un paquet de feuilles dans sa main gauche, de l'autre, il expédie ses deux sbires. Très à l'aise, il s'empare de la chaise de bureau sur laquelle il prend place nonchalamment. Son regard, plus sombre qu'à l'accoutumée, ne me quitte pas.

Une sueur glacée coule le long de ma colonne vertébrale. J'y vois une lueur étrange. Et malgré moi, mon cœur s'emballe. Je prends peur. Clignant des yeux, je chasse ce sentiment. Moi, peur ?

Plus jamais.

- Puis-je au moins m'habiller ? attaqué-je après quelques secondes.
- Je n'en ai pas pour longtemps, assure-t-il. Vous êtes très bien comme ça.

Je plisse les yeux. Je n'aime pas ça. Une alerte dans mon cerveau retentit et résonne sans relâche : danger, danger, DANGER.

Où est mon « chevalier » ?

Je l'avertis en affermissant ma voix :

- Si vous vous avisez ne serait-ce que de poser un doigt sur moi, je vous réserve le même sort qu'à Murray.

Pour rappel : un coup de genou bien placé. Mais ma menace le fait rire. Il se moque de moi !

- Vous n'avez ni le pouvoir de me menacer, ni de mettre cette dernière à exécution, Cornelia. Si vous vous avérez bien trop bavarde ou violente à mon goût, je vous fais attacher et je ne suis pas sûr que cet accoutrement serait adéquat.

J'en reste muette de stupéfaction. Comment peut-il être aussi odieux, cruel et aimer ça ? Pourquoi a-t-il tant changé depuis mon arrivée ?

- Bien, reprend-il avec un sourire mauvais. Maintenant que les choses sont claires entre nous, je vais pouvoir vous exposer la raison de ma présence ici.
- J'en suis tout ouïe, répliqué-je sans pour autant prendre place sur le lit.

Je reste près de l'accès à la salle de bains, je m'y sens plus en sécurité. Il poursuit, comme s'il ne m'avait pas entendue. Il s'empare du paquet de feuilles à deux mains.

- Les professeurs qui ne vous ont pas encore donné de devoirs m'ont chargé de vous les transmettre. Ils sont à rendre avant les vacances. Vous n'êtes pas sans savoir que c'est la semaine prochaine.

Délicatement, il les dépose sur mon bureau. Encore des devoirs ? Pas de doute possible, ils veulent tous m'achever.

Mais je serai bientôt libre. Pas de rébellion. Faire profil bas. Pour ma propre sécurité. Pour ma survie.

- Très bien, je m'en occupe.
- Évidemment, le seul qui ne vous ait pas demandé de travailler, c'est M. Spencer. À moins que ce ne soit plus… physique, crache-t-il en me perçant de ses yeux marron.
- Pour votre gouverne, explosé-je en dépit de ma résolution, il m'a demandé de lire le livre qui se trouve derrière vous, sur

le bureau ! Vous n'êtes qu'un gosse prétentieux, jaloux et capricieux.

Je le vois plisser les yeux, tremblant de rage. Je l'ai provoqué, c'est dangereux, je le sais. Cependant, dans un duel, on encaisse les coups, certes, mais on les rend. Je me prépare à essuyer sa colère, sa réplique, le menton relevé en un signe de défi. Lentement, il quitte sa chaise et vient me rejoindre en quelques pas. La chambre, pourtant spacieuse, me paraît minuscule tout à coup.

Son eau de toilette chatouille mes narines, et son regard révolté enflamme mes joues. Je ne tremble pas, je ne recule pas. Je lui fais face. Et j'attends.

Sa réponse ne tarde pas. Sans que je ne comprenne quoi que ce soit, il me colle brutalement contre le mur, mes poignets prisonniers de ses mains fermes. Je m'apprête à hurler mais il m'en empêche en me soulevant de terre pour me jeter sur le lit, à sa droite. Je n'ai pas le temps de reprendre mon souffle qu'il est déjà sur moi, me saisit les poignets afin de les menotter aux barreaux du lit.

L'horreur me prive de toute réaction.

Ses jambes, qui bloquent les miennes, me retirent toute liberté de mouvements. En l'espace de seulement une dizaine de secondes, il a complètement pris le dessus, me laissant entièrement à sa merci.

J'aimerais hurler mais il m'en dissuade, sa main sur ma bouche. Doucement, il approche ses lèvres de mon oreille et murmure :

-   Si tu cries, ce sera pire. Tu devrais réfléchir avant de parler.

La peur me retourne le ventre, glace le sang dans mes veines, embue mes yeux. Je ne peux pas croire que c'est en train de m'arriver. Et pourtant, n'était-ce pas une suite logique à tout ce qu'on me fait subir ici ?

Il pose son index sur ses lèvres closes, m'intimant au silence. Alors, il ôte son autre main de ma bouche et, aussitôt, déplie les pans du drap de bain. Un frisson de terreur me secoue quand mon corps nu s'offre à sa vue. À ce moment précis, toutes les douleurs se réveillent. Mon bras, mon nez, mon thorax, mes jambes fermement maintenues. Je deviens incapable de respirer normalement. Incapable de penser clairement. Je me fais la réflexion que je dois bouger assez pour le frapper, l'éloigner de moi, le mordre… Mais il est trop fort pour moi, et je suis affaiblie par mes multiples contusions.

La peur et le désespoir forcent mes larmes, qui roulent sur mes joues.

Je réprime difficilement un haut-le-cœur quand ses mains moites caressent mon ventre, remontant petit à petit vers ma poitrine. Un spasme de frayeur incontrôlable me secoue. Ses paumes englobent mes seins, mon corps se glace. Je tourne la tête vers la porte – mouvement que j'ai miraculeusement la possibilité de faire –, cherchant un secours qui n'existe pas. Mes cheveux mouillés collent à mes joues.

- Je vous en supplie… arrêtez… ! Je ferai tous les devoirs que vous voudrez…
- Mais j'espère bien ! tonne-t-il.

Ses mains redescendent de nouveau vers mon ventre puis plus bas encore, où elles trouvent les replis secrets de mon intimité. Un sanglot me secoue, mes pleurs redoublent, je ne peux plus m'arrêter. Mon cœur va lâcher tant il bat vite et fort. Peut-être serait-ce mieux que ce qu'il me réserve...

Je faux vomir. J'entends son grognement d'approbation. Ses mains quittent tout à coup mon corps. Un espoir m'étreint. Peut-être s'est-il rendu compte qu'il va trop loin et qu'il est préférable de s'arrêter ?

Je déchante vite. Mes oreilles captent un cliquetis métallique puis le son caractéristique d'une fermeture éclair qu'on ouvre. Il se déshabille !

Le salaud !

Mes yeux refusent de s'ouvrir tant l'effroi me paralyse. Je serre les cuisses de toutes mes forces mais déjà, les crampes se multiplient.

Alors, j'attends le pire, résignée. Quand une voix sortie de nulle part retentit :

- Lâche-la, connard !

La pression qui s'exerçait sur mes jambes jusqu'à maintenant disparaît sans préavis. Incertaine, j'ouvre les yeux pour tenter de saisir ce qu'il est en train de se passer. J'aperçois, à travers le brouillard de mes larmes, Eli et Gresson se battre, à terre. Les deux agents, revenus comme par enchantement, les séparent. John retient Eli, qui s'égosille :

- Sors de cette chambre ! Je ne veux plus jamais t'y voir !
- Tu vas me le payer ! jure le mathématicien que l'autre agent ceinture.
- C'est ça ! Tu feras moins le malin devant le directeur.

Cette fois, lorsqu'il veut se jeter sur Gresson, John ne le retient plus. Et Eli ne rate pas sa cible. Son poing heurte violemment la joue barbue de mon agresseur, éclatant sa lèvre qui se met à saigner abondamment. Il ne demande pas son reste et quitte la pièce, accompagné du deuxième agent. Aussitôt, Eli s'agenouille près de moi.

- Cornelia ! Cornelia, ça va ?

Je n'ai même pas la force de lui répondre. Je tremble de manière incontrôlée. Affolé, il pousse un juron.

- Mais où sont ces saletés de clés ?

Je rouvre les yeux et, à travers un brouillard, je discerne John se mouvoir vers Eli en lui tendant quelque chose. Il souffle un soupir de soulagement.

- Comment les as-tu eues ?
- C'est lui qui me les a données, répond John tandis qu'Eli me recouvre du drap et libère mes poignets. Il disait que c'était plus sûr.

Aussitôt, il me fait asseoir, me frictionne les bras à l'aide de ses mains douces. Je n'ai pas le courage de le regarder en face, j'ai honte. Si honte... De quoi ai-je l'air avec mes cheveux en bataille et à peine vêtue de mon drap de bain ?

Je sens une goutte chaude tomber sur ma cuisse gauche. D'où vient-elle ?

- Vous saignez ! s'écrie Eli. Il a osé vous frapper ?
- Non, même pas ! protesté-je faiblement en évitant toujours son regard.
- Vous avez besoin de soins, décrète-t-il. Je vous emmène chez le Dr Gonzales. Pouvez-vous marcher ?
- Je... je ne sais pas.

Il parle à toute vitesse, comme si son train allait arriver d'une minute à l'autre. À l'inverse, je suis incapable de la moindre parole mais le peu de mots qui sortent de ma bouche résonnent mal assurés. Et bien qu'il semble pressé, il se montre d'une patience hors du commun. Tout en s'affairant à trouver mes affaires, il me détaille ce que nous allons faire. Mes vêtements près de moi, sur le lit, j'essaie de bouger pour m'habiller mais, rien à faire. Je suis totalement impuissante. Je ne peux pas me lever, encore moins marcher et le sang ne cesse de couler de mon nez.

Eli n'attend pas davantage. Après avoir donné mon accord et chassé John de la chambre, il entreprend de m'habiller, très méthodique et concentré.

Oui, vous avez bien lu. C'est Eli lui-même qui m'enfile les chaussettes, la culotte et le soutien-gorge, puis un pantalon noir et un pull rouge en cachemire. Je ne vous cache pas que c'est très embarrassant… Chacun de ses gestes, d'une douceur infinie, me donne la sensation d'être caressée sans l'être.

Très vite, j'ai du mal à respirer. J'ai la mauvaise impression qu'on enserre toute ma cage thoracique dans un étau et qu'on broie mon cœur au passage. Des larmes me viennent aux yeux. La douleur se fait de plus en plus insupportable. Je sens à peine Eli qui me soulève dans ses bras, son ordre perce le coton de mes oreilles :

- Tenez bon !

Mais mon corps désobéit et je m'évanouis.

École Senway – Infirmerie

15h34

J'ouvre péniblement les yeux avec une curieuse impression d'être espionnée. Une migraine me vrille le cerveau mais je ne perçois plus de brûlure dans le thorax. Mon bras me lance vaguement, de même que mon nez, comme si la douleur était présente mais endormie. En résumé, ça ne va pas trop mal.

J'en viens à cette conclusion lorsque je me rends compte que je n'ai pas la moindre idée d'où je me trouve. Je jette un œil devant moi. Je suis allongée sur un lit médicalisé. Je ne pense pas me tromper en affirmant que je suis à l'infirmerie de l'école. À ma gauche, une grande fenêtre qui donne sur une cour et un tas d'arbres. Lorsque je tourne la tête vers ma droite, j'aperçois M. Sweets assis paresseusement sur le fauteuil. Il sourit, je tente de réguler la vitesse alarmante des battements de mon cœur surpris.

- Mademoiselle Pikes, murmure-t-il.

Je ne réponds pas. Son ton n'a rien de contrarié mais il y transparaît une pointe de langueur, de sensualité. Son sourire satisfait ne quitte pas ses lèvres.

- Mes agents ne vous ont pas ratée, si je puis me permettre.
- Allez droit au but, répliqué-je d'une voix rauque, déjà à bout de patience.
- Je ne suis pas venu vous faire de mal, assure-t-il en levant nonchalamment les mains l'air en signe de reddition.
- Non, ça, vous laissez les autres le faire pour vous.

Il se met à rire. Je suis impressionnée par son calme apparent. Contrairement à nos précédentes rencontres, il ne se met pas en colère. Je suis dubitative. Peut-être dit-il vrai, finalement.

- Vous êtes une femme de caractère, Mademoiselle Pikes. J'apprécie cette qualité. Cela dit, lorsqu'on vous dit qu'il n'y a aucun moyen pour vous de partir, c'est fondé.
- Je suppose que vous n'êtes pas venu pour me parler de ça.
- En effet. L'insubordination de mon adjoint m'a contraint à prendre une décision. Aussi, dès aujourd'hui, votre tuteur dans notre école sera M. Spencer. Je pense qu'il a su prouver suffisamment sa valeur pour assumer cette responsabilité.

Court silence durant lequel je prends le temps de me réjouir intérieurement. Puis, c'est la perplexité qui l'emporte. Pourquoi un tel revirement ? Pourquoi ce soudain élan d'humanité ?

- Pardonnez ma curiosité, M. Sweets, mais quand vous parlez de l'insubordination de votre adjoint, de quoi s'agit-il ?

Oh quel calme. Moi aussi, j'y arrive.

- Je lui avais formellement interdit de vous apporter ces devoirs. Je comptais vous les remettre moi-même. Qu'il ait désobéi, passe encore, mais qu'il vous inflige une punition non méritée... M. Gresson est relevé de votre responsabilité. Il n'est pas apte.

Cette révélation me laisse muette de stupéfaction. Ce n'est donc qu'une histoire d'insubordination ? Pour des papiers qu'on n'aurait pas dû me confier ? Pourquoi n'arrivé-je pas à y croire ? Mon visage prend un air soucieux qui n'échappe pas au directeur.

- La désobéissance est une chose que je ne supporte pas, vous l'avez bien évidemment remarqué. Cela dit, ne croyez pas qu'à présent je sois de votre côté.
- Je n'ai jamais rien pensé de tel, rétorqué-je tandis qu'il quitte le confort du siège.
- Bien. Remettez-vous vite et bien, Mademoiselle Pikes. Car votre tâche est considérable. [5]

Sans un mot de plus, il s'en va et je me retrouve seule. Je me demande quoi penser du discours tenu par le directeur et quelque chose me dit que c'est un piège bien ficelé. Mon instinct me hurle de me méfier plus encore de ce retournement de situation. J'ai comme le pressentiment que je reverrais Gresson plutôt que je le croyais.

Un quart d'heure plus tard, le médecin vient voir comment je vais. Il vérifie mon pouls, ma température, mes blessures. Je me laisse faire, détendant mes muscles. Le silence est apaisant, être enfin soignée aussi.

- Eli a l'air de beaucoup s'inquiéter pour vous, murmure-t-il en notant quelque chose dans son dossier.
- Est-ce qu'il va bien ? questionné-je, ce qui le fait sourire.
- Je ne sais pas, il est parti immédiatement après vous avoir déposée.
- Il vous a dit où il se rendait ?
- Non, Mademoiselle.

Cette réponse me contrarie. Où Eli a-t-il bien pu aller ? Pourquoi me laisse-t-il seule ici ? Mon seul espoir m'a-t-il déjà abandonnée ?

---

[5] Réplique tirée de la série télévisée Kaamelott, livre V.

- Vous serez de retour dans votre chambre pour l'heure du repas.
- Je vous remercie.
- De quoi ?

On dirait que c'est la première fois qu'il entend ce mot.

- Pour m'avoir soignée. Et d'être gentil avec moi.
- Mais il n'y a pas de quoi, c'est mon travail, dit-il d'un ton très doux. Si Eli vous a prise sous son aile, c'est que vous en valez la peine.

Mes joues rosissent et je souris timidement. Une amitié étrange semble lier Eli et le médecin. Ou plutôt une confiance absolument surprenante qui pique ma curiosité.

- Vous connaissez Eli depuis longtemps ?
- Non mais nous nous connaissons bien. Je lui voue une confiance aveugle.
- Quitte à perdre votre place ?

Une lueur inquiète et triste traverse son regard. Il se met à réfléchir aux mots à employer et sont hachurés lorsqu'ils sortent :

- Si les circonstances n'étaient pas… exceptionnelles, ce n'est pas ma place que je risque de perdre mais… ma tête. Croyez-moi, vous avez énormément de chance que M. Sweets vous ait attribué Eli comme tuteur.

Ça me fait froid dans le dos. Une sensation désagréable naît au creux de mon ventre. La peur, certes. Jusqu'à présent, j'avais peur pour moi. De ce qu'on compte me faire subir et de la fin qu'on me réserve. Mais avec ce que me dit Dr Gonzales, tout apparaît sous un nouvel angle. Si j'avais pensé que tout le personnel de cette école est complètement fou – Eli étant l'exception –, une autre possibilité se fait jour dans mon esprit. Et s'ils n'étaient pas tous détraqués mais sous la menace ?

Je ne sais pas quelle option est la plus supportable des deux.

- Connaissez-vous la véritable raison de ma présence ici ? m'enquiers-je, abasourdie par ses propos mais surtout pour tenter de chasser cette supposition.
- On m'a servi le même boniment qu'aux étudiants. Que vous êtes une dangereuse criminelle et que l'école vous détient jusqu'à votre jugement. Ça, c'est qu'ils nous servent à tous.

Et personne n'a conscience que ce n'est pas du tout crédible ? Depuis quand confie-t-on des criminels à la direction d'une école réputée ? Le système pénal aurait-il changé pendant que j'étais dans les pommes ?

- En revanche, ce qu'Eli m'assure, c'est qu'on compte vous éliminer.
- Mais pourquoi ?
- Je ne sais pas, Mademoiselle.

Ces révélations me laissent un goût amer en bouche. Et j'ai la curieuse impression que le médecin en sait bien plus qu'il n'en dit. Un maëlstrom de questions m'assaille de toutes parts et je n'ai aucune idée de comment obtenir les réponses.

Comment puis-je me battre contre toute une école ?

- Tous les professeurs sont-ils au courant de la vraie raison ?
- Oui, tous, répond-il en reposant le stéthoscope à sa place. Et ils ont tous l'ordre de vous pousser à bout.
- À bout ? répété-je. Au suicide, vous voulez dire ?

- Je crois bien, acquiesce-t-il, soudain gêné d'en avoir trop dit.

Quelque chose ne colle pas là-dedans. Mes méninges tournent à plein régime, tentant d'imbriquer toutes les pièces du puzzle en ma possession.

- Pourtant, Eli n'obéit pas…, murmuré-je pour moi-même. Et on sait bien que M. Sweets ne supporte pas ça.
- Pour Eli, c'est différent, m'interrompt-il en hésitant. Il a reçu d'autres ordres, lui.

Oh, bon sang. Mais que va-t-il encore m'annoncer ?

- Il… enfin… M. le directeur compte sur lui pour faire le sale boulot.
- Mais… attendez, quoi ? Pourquoi Eli ?
- Eh bien… il faut dire qu'entre vous deux, ça fonctionne plutôt bien.

Plusieurs émotions me submergent d'un coup. D'abord la gêne en repensant à ma proximité avec Eli. Puis la terreur quand je prends conscience du sens des paroles du médecin.

Eli compte-t-il suivre l'ordre de son supérieur ? Va-t-il vraiment m'éliminer ?

Moi qui lui vouais une confiance aveugle il y a encore quelques secondes, je me mets à douter de ses intentions. Suis-je allée trop vite en besogne ? Assurément… j'ai oublié ce paramètre si important : il fait partie de mes ravisseurs.

- Je sais ce que vous vous dites.

Ça m'étonnerait.

- Vous pensez qu'il vous a trahie et qu'il s'est rapproché de vous uniquement dans le but de mener à bien sa mission. Mais si c'était vraiment le cas, il aurait laissé M. Gresson vous violer et ne vous aurait pas emmenée ici. Faites-lui confiance. C'est le seul qui ne vous trahira pas.

Peut-être a-t-il raison. Peut-être se trompe-t-il lourdement. Je n'ai aucune garantie et pas vraiment le moyen de le savoir. Une confiance placée dans la mauvaise personne me mènera à coup sûr à ma perte. La question est de savoir si Eli est la bonne personne à qui l'accorder.

Après quelques mots d'encouragement, le docteur quitte la pièce. Je lève les yeux au ciel, cherchant un divin mais surtout vain soutien là-haut. Je me sens si fatiguée, abattue que durant un instant, tenir ma promesse envers moi-même me semble impossible.

Je tourne la tête à ma droite, où trône une table de chevet avec un livre et un verre d'eau. Je plisse les paupières pour déchiffrer le titre du livre, je me rends compte que c'est celui de Fitzgerald.

Ne plus jamais être faible. En quoi ce livre m'a redonné de l'énergie ? Je ne saurais le dire mais j'ai repris ma lecture, déterminée.

École Senway

Bâtiment résidentiel, chambre 1109

19h48

Eli n'est pas venu me voir à l'infirmerie, ni même à mon retour dans la chambre. J'essaie de me convaincre que son absence est due à de très bonnes raisons mais ma solitude, combinée aux révélations du médecin, me font broyer du noir.

Avec un soupir las, j'entame la rédaction de ma fiche de lecture lorsqu'on frappe à la porte.

- Cornelia, êtes-vous là ?
- Oui.

Peut-être qu'il n'est pas venu à mon retour dans *mes quartiers* tout simplement parce qu'il ne savait pas que j'y étais revenue ?

Quelques cliquetis résonnent puis la poignée tourne. Mon cœur repart dans un galop que je tente de calmer tandis que mon cerveau émet une alarme dans ma tête. Ma raison me dicte la prudence, la méfiance ; mon cœur n'en a cure. Quand ses yeux éclatant d'émeraude se posent sur moi, toute ma raison vacille pour éclater en mille morceaux. Son sourire fait chanceler ce qu'il me reste de conscience.

Je n'y arrive pas. Je n'arrive pas à croire qu'il joue la duplicité avec moi. Il m'a sauvée des griffes de Gresson *in extremis*. Nul doute que sans son intervention, il serait allé au bout de son méfait.

Mes yeux s'embuent de larmes, ma gorge se noue, ma faiblesse refait surface. Désespérée, je me jette dans ses bras et pleure tout mon soûl. Il ne dit pas un mot, au contraire, il me serre plus fort contre lui et nous prenons place sur le lit.

Il me faut cinq bonnes minutes pour tarir mes larmes. Il glisse son index sous mon menton, me forçant à lever la tête pour le regarder. Nos regards se croisent et une question s'insinue dans mon esprit : pourquoi mon David n'est-il pas comme Eli ? Affectueux et protecteur. Il ne l'est que dans des situations précises, quand il doit me demander des faveurs, des services. Je ne me suis jamais rendu compte que nous étions dans une relation de chantage affectif.

En plongeant mes yeux dans ceux d'Eli, je me demande comment j'ai pu tomber amoureuse de mon futur mari.

- Est-ce que ça va ?

Son haleine sent la réglisse. J'acquiesce lentement, toujours si peu désireuse de m'épancher sur mes cheminements concernant ma relation de couple.

- Je ne vous remercierai jamais assez de ce que vous avez fait pour moi.
- C'est la moindre des choses, Cornelia. Je n'allais certainement pas le laisser vous... vous faire ça.

Dans sa bouche, mon prénom a la saveur sucrée d'un bonbon.

- Comment avez-vous su pour... ce qu'il se passait ?
- John est venu me prévenir.

J'écarquille les yeux d'agréable surprise. L'agent de sécurité est donc réellement de notre côté. J'en suis soulagée, je souris.

- Vous n'y êtes pas allé de main morte, commenté-je le coup de poing qu'il avait asséné à Gresson ce matin.

- Ça faisait des jours que ça me démangeait ! rit-il.

Un court silence puis, en exerçant une légère pression sur mon avant-bras, il reprend :

- Je suis désolé de n'avoir pas pu venir plus tôt. J'ai eu beaucoup de choses à régler après vous avoir emmenée à l'infirmerie.
- Je suppose que c'est lié au fait que vous êtes mon tuteur à présent.
- Très juste, répond-il en esquissant un sourire éblouissant. Demain, je vous ferai visiter toute l'école, comme je vous l'avais promis.

Nous passons les deux heures suivantes à parler de notre plan puis, un peu contre ma volonté, de ma relation avec David. En discuter avec lui me met mal à l'aise. Mais Eli tenait à savoir comment nous nous sommes rencontrés, comment nous nous avons fini par nous mettre en couple, nous installer, nous fiancer... Je lui raconte notre histoire, omettant volontairement quelques détails qu'il n'a pas à connaître. Il m'interrompt rarement, seulement pour poser des questions sur mes impressions et sentiments.

Enfin, il jette un œil à sa montre et s'excuse.

- Il se fait tard et la journée a été particulièrement longue, surtout pour vous. Reposez-vous pour demain. Je serai là après le déjeuner.

Il saisit ma main pour y déposer un baiser, m'octroyant des frissons au passage.

- Bonne nuit, Cornelia.
- Bonne nuit, Eli.

Il se dirige vers la porte entrebâillée qu'il ouvre en grand puis sort dans le couloir. Mon cœur cogne douloureusement dans ma poitrine, l'air déserte mes poumons. Je n'ai tout à coup pas le courage de le laisser partir.

J'ai envie d'une chose qui, je le sais, je vais regretter. Alors, je crie pour le retenir :

- Attendez !

Il se retourne et, durant un court instant, j'aperçois son regard inquiet. Mais je suis lancée. Au ralenti, je me lève et cours jusqu'à lui. Arrivée à sa hauteur, je me mets sur la pointe des pieds et, sans tergiversation, l'embrasse.

Je le sais surpris car son corps se raidit. Mais la seconde d'après, c'est comme l'entrée du paradis. Il me serre dans ses bras, prend ma bouche avidement. Plus rien n'existe que nos corps collés l'un contre l'autre, ses mains dans mes cheveux, les miennes sur sa nuque et nos lèvres scellées en un baiser pressant, interdit et terriblement ardent au goût de réglisse. Même à ça, Eli est meilleur que David !

Émergeant tout à coup des volutes de plaisir, je m'écarte de lui et le repousse doucement avant de regagner la chambre. Perturbée, honteuse, je claque violemment la porte derrière moi sans prononcer un seul mot. Je m'y adosse, tentant de toutes mes maigres forces de réfréner les battements erratiques de mon cœur fou.

De l'autre côté, sa respiration hachée m'indique qu'il n'est pas encore parti. Au bout d'un temps que je ne sais définir, il glisse la clé dans la serrure et verrouille la porte.

Ses pas s'éloignent. Mes larmes affluent.

Bordel, mais qu'est-ce que j'ai fait ?

8ᵉ jour

Mercredi 17 décembre 2014

Boston, État du Massachusetts

Appartement de Cornelia Pikes et David McFlint

Washington Street, 15

Il a bien conscience qu'on ne peut pratiquement plus circuler librement dans son propre appartement à cause des cadavres de bouteilles de bière, de vêtements sales et des emballages vides de nourriture. Et il s'en fiche complètement. Aujourd'hui, ça fait une semaine qu'elle a disparu. Le désespoir pèse sur son cœur et ses épaules. Absolument aucun signe de vie de sa chère et tendre fiancée.

Y a-t-il seulement un espoir qu'elle soit encore vivante ?

L'esprit embrumé d'alcool, il se rassied sur le canapé et se sert un verre de bourbon. Le quatrième de la journée, et il n'est que dix heures trente. Il porte le verre à ses lèvres, l'avale cul-sec. En temps normal, il aurait pris le temps de savourer ce genre de whiskey, mais pas aujourd'hui. Pas depuis qu'elle a disparu. Il s'en sert un autre puis se rallonge. Il réfléchit aux options qui se présentent à lui. C'est-à-dire : aucune. Lui et M. Mars se trouvent dans une impasse. La fouille minutieuse des affaires de Cornelia ne lui a rien appris qui serait susceptible de l'aider dans leur enquête. De son côté, le détective privé ne parvenait pas à obtenir davantage d'informations. Ils sont coincés.

David passe sa main libre dans sa barbe. Ça commence à faire long mais ça aussi, il s'en fiche. Il ne prend plus la peine de faire attention à lui. Pourquoi faire ?

À travers le brouillard alcoolisé, il perçoit des coups à la porte. Soupirant, il pose son verre sur la table basse après s'être péniblement redressé. Coup d'œil à sa montre. Pas moyen de lire l'heure, ça bouge trop. Tant pis. Il se lève en vacillant, se précipite pour ouvrir, titubant et manquant de choir plusieurs fois à cause de tous les déchets éparpillés sur le sol. Il ne sait pas vraiment comment il parvient à tirer la porte vers lui, laquelle s'ouvre sur deux hommes en uniforme. Bien que tout semble tourner autour de lui, il prend le temps de les détailler malgré sa vision floue. Le plus grand des deux est à droite, il doit mesurer un bon mètre quatre-vingt-cinq, il est âgé d'une petite quarantaine d'années et rasé de près. Celui de gauche est plus petit, plus mince et plus jeune que son coéquipier. Fièrement, il arbore un bouc couleur de feu. C'est son collègue qui prend la parole le premier :

- M. McFlint ?
- Lui-même, croasse-t-il. C'est pour quoi ?
- Police de Boston. Je suis le lieutenant Coleman et voici l'inspecteur Marmell. Nous vous demandons de bien vouloir nous suivre, s'il vous plaît.
- Vous l'avez retrouvée ? hurle-t-il sans même le vouloir tant l'émotion est forte.

Les deux policiers se lancent un regard éloquent, laissant planer un court silence avant que le plus petit réponde :

- Non, M. McFlint. Pas encore. À vrai dire, nous aimerions justement vous interroger concernant cette affaire.

David n'oppose aucune résistance. Après tout, peut-être ont-ils de nouveaux éléments ? Des informations à lui transmettre qui feraient enfin avancer ses recherches ?

Tant bien que mal, il les suit jusque dans la voiture de police, une Ford VCPI de 2007, garée en créneau dans la rue. Le *Boston Police Department* se situe au 1 Schroeder Plaza et, bien qu'il n'y ait même pas cinq kilomètres de distance, le trajet leur prend quinze minutes.

On emmène David dans une salle d'interrogatoire, après maints et maints couloirs tous aussi déprimants les uns que les autres, et on l'assied sur une chaise en métal faisant face à une table. Toujours soûl, il lève la tête et voit l'incontournable grand miroir sans tain : on l'observe. D'un coup, il se sent mal à l'aise. Et plus il ressent ce malaise, plus il a envie de boire.

Le lieutenant Coleman prend place sur la deuxième chaise, de l'autre côté de la table tandis que l'inspecteur Marmell reste debout près de la porte. Coleman, concentré, pose un dossier sur la table. Il dévisage un instant David, comme s'il le jaugeait, puis s'exclame :

- Vous êtes carrément bourré, M. McFlint !
- Et alors ? réplique aussitôt ce dernier. Ce n'est pas un crime de se prendre une cuite tout seul chez soi.
- Certes, acquiesce de mauvaise grâce Coleman. Si nous vous avons fait venir aujourd'hui, c'est pour vous poser des questions concernant « l'enlèvement » de votre fiancée.

Le ton employé par le lieutenant dessoûle instantanément David. Il a dit « enlèvement » en dessinant des guillemets en l'air avec ses doigts. Son cœur se met à battre plus vite, plus douloureusement, lorsqu'il réalise qu'on ne le croit toujours pas. Pourtant, on est venu le chercher pour « l'interroger ». Pas de doute, il y a de nouveaux éléments. Il adopte une posture moins offensive et annonce simplement :

- Je vous écoute.
- Où étiez-vous le soir de la disparition ? demande Marmell jusqu'ici silencieux.
- Chez moi, je suis rentré du travail vers dix-huit heures.
- Quelqu'un peut-il confirmer ?
- Vous savez bien que non puisque la seule personne qui aurait pu s'est fait kidnapper. Un de mes voisins m'a peut-être entendu ? Enfin merde, à quoi ça rime ? Vous croyez que c'est moi qui l'ai enlevée ?
- On n'a rien dit de tel, M. McFlint, tempère Coleman. Nous cherchons à comprendre.

David pousse un soupir. Ces incompétents ne cherchent pas dans la bonne direction. Il aimerait se dire que ces policiers ne font que leur travail mais si on l'avait écouté dès le départ, on n'en serait pas là.

- Vous avez un témoin, pourtant, objecte-t-il.
- Témoin qui ne peut ni décrire les ravisseurs, ni les identifier.
- Mais vous avez le numéro de la plaque d'immatriculation. Vous avez bien pu vérifier que cette camionnette n'a rien à voir avec moi alors pourquoi vous acharner ?

La question de David reste en suspens durant un instant. Le temps nécessaire à Coleman – qui dissimule mal un sourire victorieux – d'ouvrir son dossier afin d'en extirper une feuille plastifiée. Ce que le jeune homme voit glace son sang dans ses veines.

- Le numéro de la plaque d'immatriculation correspond à un véhicule de location, poursuit Coleman. Et devant vous se trouve le contrat de cette location avec vos nom et signature. Comment l'expliquez-vous ?

Abasourdi, David s'empare de la feuille et l'observe dans ses moindres détails, paupières plissées. Il ne l'a jamais vue et pourtant, c'est bien son écriture. Comment est-ce possible ? Qu'est-ce que ça peut bien signifier ?

- Je vous jure que je n'ai jamais vu ce contrat de ma vie, et je ne sais même pas à quoi ressemble cette camionnette.

Aucun des deux policiers ne prend la peine de répliquer. Coleman sort plusieurs clichés de son dossier qu'il expose à sa vue. Sur le premier, la camionnette a les portières arrière ouvertes et on y voit l'intérieur. Quelques taches sombres, par-ci par-là. À première vue, du sang. Et si on y prête davantage d'attention, on y discerne des cheveux foncés et bouclés sur le plancher peint en gris. Sur le deuxième cliché, on voit le volant plein d'empreintes digitales qu'on avait noircies à la poudre dactyloscopique pour les révéler. Enfin, sur le troisième, apparaissent quelques cheveux sur l'appui-tête du siège conducteur. Des cheveux courts.

Interrogateur, David lève les yeux sur le lieutenant.

- Nous avons retrouvé le véhicule et en avons récolté ces preuves. Vous aurez deviné que c'est bien l'ADN de Mademoiselle Pikes, à l'arrière. Pour ce qui est de l'avant, nous ne l'avons pas encore identifié. Accepteriez-vous de nous laisser prélever un échantillon d'ADN pour vous exclure de la liste des suspects ?
- Parce que je suis suspect ? s'étrangle-t-il.
- N°1, confirme Marmell gravement.

- Dans ce genre d'affaires, le cercle proche de la victime fait forcément partie des suspects, corrige Coleman pour, une fois de plus, modérer les propos de son collègue. Vous êtes son petit-ami, vous n'avez aucun alibi, des éléments de preuve vous accablent. Le cheminement logique est que nous vous considérons suspect.

La colère l'envahit tout entier, mêlée à une terreur sans nom qui lui vrille le ventre. N'y tenant plus, il explose :

- C'est quand même dingue que quand je vous signale sa disparition, personne ne bronche ! On m'envoie paître. J'ai engagé un détective privé pour la retrouver. Je suis le seul ici à la rechercher et vous... vous, bande d'incompétents, vous m'accusez d'avoir fait le coup !

Coleman fait la grimace, appréciant moyennement qu'on le qualifie d'incompétent.

- Je vous conseille fortement de baisser d'un ton, M. McFlint. Ce que *moi* je trouve « dingue » c'est qu'au bout de huit jours, il n'y ait toujours pas de demande de rançon. Comment l'expliquez-vous ?

David doit admettre que le lieutenant marque un point. Les circonstances du kidnapping tendent à démontrer que c'était fait par des professionnels. La logique aurait donc voulu une demande de rançon. Néanmoins, comme l'a si bien souligné le lieutenant, toujours aucune nouvelle des ravisseurs après huit jours. Comment l'interpréter ? Il s'apprête à répliquer mais l'inspecteur le devance :

- Ce que je crois, c'est que vous l'avez kidnappée et tuée !

- Dan, l'interpelle Coleman, va prendre l'air. On n'a pas retrouvé le corps de Mademoiselle Pikes, à ce que je sache, non ?
- Non, répond Marmell, penaud.

Coleman le transperce de son regard acéré, David comprend sans équivoque le message qu'il fait passer à son collègue : « laisse-moi faire et ferme-la ».

- Bien, reprenons. Nous savons que votre fiancée a été enlevée. Et toutes les preuves que nous avons récoltées nous ramènent vers vous. Alors, je ne le demanderai qu'une seule fois : où est-elle ?

Le jeune homme perdait de plus en plus patience. Il sent un étau se resserrer autour de lui et l'impuissance de retrouver Cornelia se combine à présent à celle de pouvoir se défendre. Comment peuvent-ils ne serait-ce qu'envisager qu'il ait pu faire du mal à l'amour de sa vie ?

- Si je le savais, je ne m'embêterais certainement pas à payer un détective privé ! s'égosille-t-il. Je vous rappelle que je n'ai jamais vu cette camionnette et encore moins ce contrat alors prenez donc mon ADN pour vous rendre compte de votre connerie. Parce que vous vous trompez de personne ! Ceux qui ont enlevé Cornelia courent toujours et veulent me faire porter le chapeau !
- Les preuves ne mentent pas, M. McFlint, assène Marmell.
- Vous faites erreur, martèle-t-il.

On prélève un échantillon d'ADN dans la bouche de David avec un coton-tige, on prend également ses empreintes. Il ne sait pas par quel miracle il n'est pas en garde à vue. On le ramène chez lui, on le somme de rester à disposition.

Accablé, il reprend place sur le canapé, plus désespéré que jamais. Cette fois, pas de verre. Il boit directement à la bouteille.

École Senway – Salle 247

Cours de culture américaine

10h03

Depuis cette nuit-là, les choses ont considérablement changé entre Eli et moi. Nous nous sommes beaucoup rapprochés, devenus presque inséparables. Pourtant, nous nous voyons si peu en raison des cours. Je me rends aux miens, il donne les siens puis nous nous retrouvons à la bibliothèque pour travailler sur mes devoirs. Eli est incontestablement une personne exceptionnelle. Il met tout en œuvre pour que je me sente le plus à l'aise possible. Pas plus tard que dimanche, il m'a fait visiter l'école tout entière. J'ai été extrêmement impressionnée par toute la superficie, la grandeur de chaque bâtiment. L'espace qu'occupe l'école est gigantesque ! Et durant toute la visite guidée, nous avons parlé de nos vies personnelles. Du moins, celles que nous avions avant d'arriver ici. Chaque jour, je vois mon nouvel ami sous un angle différent et tout ce que je découvre de lui est absolument admirable.

Le soir, dans le lit de ma prison dorée, je repense à la vie qui m'attend en dehors des grilles de l'école ; mon David, très certainement à ma recherche. Mon patron qui doit s'énerver du retard accumulé, mes amies inquiètes pour nos après-midi shopping loupés. Mais ce qui ne quitte pas mon esprit depuis quelques jours à présent, c'est de quoi aura l'air ma vie à mon retour. Si retour il y aura, bien évidemment. Car, je ne me fais pas d'illusion... Une évasion est-elle vraiment réalisable ? Je ne vois que deux options. Soit ce n'est pas le cas et ma vie est terminée, soit notre plan fonctionne et je ne reverrai plus jamais Eli. Rien que d'y penser, mon ventre se tord.

Ce matin, M. Foster s'efforce de donner un cours intéressant à la classe que nous formons. Nous sommes une trentaine d'étudiants, avec davantage de garçons que de filles. Instinctivement, au début de chaque cours, je cherche dans la salle le jeune homme qui a pris ma défense. Mais je ne l'ai pas revu. Alors, comme à mon habitude, je reste tranquille à ma place au premier rang, ligotée et bâillonnée. Je tente d'allier ma promesse à moi-même avec la recommandation d'Eli de faire profil bas en attendant l'exécution de notre plan.

D'après John, M. Murray a démissionné après l'incident survenu à la fin du cours de Mme Gasparini. Mon quotidien s'en trouve complètement bouleversé. John venait me chercher, faisait mine de me haïr mais une fois tous les dos tournés, il desserrait son emprise et s'enquérait de mon état. C'est quelqu'un de très attentif. Je me demande si Eli lui a parlé de notre baiser.

Aujourd'hui encore, je sens le picotement sur mes lèvres. Ce baiser est la première pensée que j'ai en me réveillant et la dernière quand je me couche. Au loin, ce sentiment dérangeant de culpabilité que je tente de réprimer. Quelquefois, des images m'assaillent. Celles d'un bonheur flétri depuis longtemps. Celles d'un amour qui perd tout son sens maintenant.

- Mademoiselle Pikes ! hurle soudain M. Foster. Je vous prie de rester attentive à cette partie du cours car vous aurez un devoir à rédiger à ce sujet.

Je l'ignore. Depuis que je connais la véritable raison de ma captivité, je prends plaisir à tous les ignorer. Et le plaisir sera plus grand encore d'ignorer Gresson. Mais quelque part dans mon esprit, je n'arrive pas à me dépêtrer de ce malaise. De ce sentiment que quelque chose cloche. Pourquoi ce revirement soudain de la part du directeur Sweets ?

- Mademoiselle Pikes, je ne le répéterai pas. Peut-être qu'un petit tour chez M. le directeur vous convaincra d'écouter le cours.

À travers mon bâillon, je souris. Non, je n'ai pas peur de sa menace et non, je ne vais pas écouter son cours. Ce qui ne plaît pas à mon professeur, qui s'empresse de jeter un œil à John dans l'ordre tacite de me faire sortir de la salle. Il s'exécute aussitôt, faisant mine de me malmener. Une fois dehors, il m'emmène dans un endroit tranquille et enlève mon bâillon.

- Je suis désolé, Cornelia, j'ai ordre de vous amener chez M. Sweets.
- Ne vous inquiétez pas, John, il ne me fait pas peur.
- Je n'aime pas vous savoir entre ses mains mais je n'ai pas le choix.
- Je préfère que ce soit vous qui m'y amenez plutôt qu'un autre.

Il sourit. Alors, tout en douceur, il replace le bâillon et nous poursuivons le chemin jusqu'au bureau du directeur. Devant la porte, deux agents surveillent les allées et venues dans le couloir.

John demande à l'un d'entre eux de garder un œil sur moi et, après avoir frappé et attendu l'autorisation, il entre tandis que je reste à la porte. Je n'entends pas un traître mot de leur conversation mais lorsque John revient, je lis sur son visage quelque chose de mauvais, annonciateur d'une catastrophe imminente. Il prend fermement mon bras et m'intime à entrer. Mon cœur se fige au moment où j'aperçois Gresson au côté de M. Sweets.

- Attachez-la à la chaise, ordonne le directeur.

John obtempère immédiatement et très vite, je me retrouve ligotée à la chaise, face au directeur et à son adjoint. Curieuse impression de déjà-vu…

Je ne leur accorde même pas un regard.

- Une fois que vous lui aurez retiré son bâillon, vous nous laisserez.
- Bien, Monsieur.

Une fois que John est parti, M. Sweets prend la parole :

- Mademoiselle Pikes…

La même intonation languissante qu'à l'infirmerie. Sauf qu'ici, elle me donne la chair de poule. Je ne daigne toujours pas lui accorder un regard. Et lui ne quitte toujours pas le confort de son trône.

- Mon agent vient de me rapporter que vous désobéissez aux ordres qu'on vous donne.
- Je ne vois pas de quoi vous parlez, réponds-je en plissant les paupières.
- Vous ne voyez pas, répète-t-il. Bien.

Il esquisse un geste de la main à l'adresse de son adjoint, lequel s'avance vers moi. Soudain, en dépit de la promesse que je me suis faite, la panique s'empare de moi. Je bredouille :

- Mais vous disiez que…
- Que je suspends M. Gresson en tant que tuteur, pas en tant qu'adjoint, m'interrompt-il en souriant. Il est tenu de m'obéir au doigt et à l'œil.
- Parce que cette punition, je la mérite, c'est ça ?
- Vous êtes intelligente, Mademoiselle Pikes. Mais il suffit. M. Gresson, voulez-vous bien lui montrer de quoi nous parlons, je vous prie.

Le mathématicien ne réplique rien, ne m'adresse pas la parole, ne me lance pas un regard. Il serre le poing et, alors que je m'attends à le recevoir en plein visage, c'est le ventre qu'il frappe. Ma respiration se coupe, l'air déserte mes poumons. Douleur fulgurante. Les liens m'empêchent de me plier en deux, de tenir mon ventre, de soulager ma souffrance. Des larmes naissent dans mes yeux, ma vue se brouille.

- Bien, peut-être voyez-vous de quoi nous parlons maintenant.

Aucun son ne franchit mes lèvres et je vois déjà mon agresseur préparer son poing pour un deuxième coup. Tant bien que mal, je hoche la tête pour acquiescer à la question du directeur. Quand la douleur finit enfin par se dissiper, je lève la tête pour transpercer l'adjoint de mon regard dur et inflexible.

- Vous aviez promis. Vous m'avez donné votre parole de ne plus jamais me faire de mal.
- C'était avant que vous forniquiez avec M. Spencer.

Mais quel idiot ! C'est donc seulement de la jalousie ? Si nous en étions aux coups bas, je peux très bien m'y mettre aussi.

- Comment va votre mâchoire ? Ça n'a pas été trop difficile de se remettre de la bonne droite de M. Spencer ?

Je sais que c'est de la provocation mais, étrangement, la peur m'a quittée. Comme si la simple évocation d'Eli m'avait donné la force nécessaire pour affronter le directeur et son horrible adjoint. Je me prépare au pire et je vois le coup venir. En plein visage, cette fois, son poing percute de toute sa force ma mâchoire. Jamais, ô grand jamais, je ne l'aurais cru capable d'une telle violence. J'ai le goût maintenant si familier et métallique du sang dans la bouche, que je recrache. Mon estomac se retourne quand je vois une dent voler par terre dans une petite gerbe de sang. Mes cheveux poisseux collent à mes joues.

- Encore une fois et votre sort n'aurait rien à envier au sien, gronde M. Sweets à Gresson.

Il recule, puis, reprenant son flegme, croise les bras sur sa poitrine.

- Vous savez donc, poursuit le directeur à mon adresse, que vous avez désobéi à un ordre direct de votre professeur.
- Peut-être.
- Peut-être n'existe pas, affirme sèchement M. Sweets.
- Il n'a aucune façon de savoir si j'étais attentive ou pas. Donc, de son point de vue, j'ai désobéi mais du mien, j'écoutais. Vous ne pourrez le savoir qu'avec le devoir que j'aurai rendu.

C'est osé, je le concède. Risqué, sans aucun doute. Gresson ricane, comme pour me confirmer que j'aurais mieux fait de la boucler. Je lui lance un regard noir. Le directeur, cependant, ne pipe mot. Je pousse ma chance :

- Et en dépit de ce que vous croyez, une femme sait faire beaucoup de choses à la fois. Puis-je retourner à mon cours à présent ?

Devant l'air abasourdi de M. Sweets, je suis plutôt fière d'avoir pris ce risque. Car, bien entendu, je n'ai rien écouté de ce cours…

- John va vous raccompagner au cours de Mme Graham. J'espère ne plus vous revoir dans mon bureau sans vous y avoir convoquée.

Une petite dizaine de minutes plus tard, je suis de retour dans le bâtiment scolaire, salle 247.

École Senway

Bâtiment résidentiel, chambre 1109

19h41

Après le dîner, comme à mon habitude, je dépose le plateau-repas sur le bureau qui sera récupéré par Eli. Nous passions déjà deux heures à la bibliothèque mais il faut croire que ce n'est pas assez car il a pris l'habitude de passer me voir aux alentours de vingt heures. J'avais beau être retenue contre ma volonté, je suivais mes rituels journaliers, cette routine un peu rassurante et qui donne un semblant de normalité à la situation. Pourtant, une part de moi ne veut pas de cette adaptation. Une part de moi – rebelle sans aucun doute – veut s'élever contre mes ravisseurs. Mes agresseurs. Je n'ai pas à rester docile !

Et puis, l'autre part de moi me rappelle les conséquences à chaque fois que j'ai voulu m'insurger. Alors, j'apprends à me faire petite. Pour me préserver en attendant de m'enfuir.

Je suis donc mes rituels : dîner, douche et attente. Eli n'est jamais en retard. Et à chaque fois qu'il frappe à la porte, je séchais mes cheveux à l'aide d'une serviette-éponge douce. Ce soir ne fait pas exception aux autres. Quand j'entends frapper à la porte, c'est avec tout mon naturel que je réponds :

- Entrez Eli !

Il s'exécute. Son sourire réchauffe immédiatement mon cœur.

- Toujours les cheveux mouillés ? demande-t-il pour me taquiner.

Nous nous asseyons sur le lit, les mains enlacées. Jamais nous n'avons reparlé de notre baiser et nous ne l'avons pas non plus renouvelé. Pourtant, ce n'est pas l'envie qui me manque. Bien au contraire. Mes yeux sont sans cesse attirés par ses lèvres, et mon esprit par leur souvenir. Mon cœur s'affole à la pensée de la douceur de sa bouche, ses mains sur mon corps, sa langue avide cherchant la mienne… J'ai toute la peine du monde à revenir sur terre pour lui poser une question qui me turlupine :

- Eli, dites-moi, comment vous et les autres membres du personnel de l'école faites pour avoir une vie privée si vous êtes constamment ici ?
- Eh bien…, hésite-t-il, personnellement, je n'ai pas de vie en dehors de l'école. Ce qui est le cas de pratiquement tout le monde, à vrai dire. À part quelques exceptions. C'était l'une des prérogatives pour être embauché : n'avoir aucune attache.

Je suis complètement interdite par ce qu'il me révèle. Personne dans le personnel n'a de vie privée, de femme ou de mari, de famille, des enfants ? Des loisirs, des passions, ou envie de voyager ? N'ont-ils pas de foyer où rentrer ?

- Ce qui veut dire que tout le monde va rester pour les vacances ?
- Ce n'est pas parce que nous n'avons aucune attache que nous n'avons pas envie de nous amuser ou de nous détendre pendant les vacances.

Très juste, pensé-je. Un ange passe. Nos visages sont si proches que je sens son souffle sur ma peau. Je fixe la porte entrouverte et réprime l'impulsion de la fermer. Un désir aussi inexorable que coupable monte en moi. Bon sang, qu'est-ce qui me prend d'avoir envie de l'un de mes ravisseurs ? Ai-je perdu la tête ?

Mais Eli, loin de se douter du trouble qui m'anime, me demande, ses yeux verts pleins d'espoir :

- Cornelia, aimez-vous la musique ?
- Bien sûr ! J'adore la musique !
- Accepteriez-vous de m'écouter jouer de la guitare ?
- Vous jouez de la guitare ? questionné-je, surprise. Mais avec joie, Eli. J'adorerais vous écouter jouer.

Ses yeux pétillent. J'ai toujours admiré les personnes sachant jouer d'un instrument de musique ; je n'ai absolument aucune aptitude pour cet art. Ma curiosité est piquée.

Il jette un œil à la porte, se mord la lèvre inférieure, en proie à une intense réflexion. Puis, semblant prendre une décision, il ordonne :

- Alors, suivez-moi.

Petit élan de panique en me demandant comment le suivre sans nous faire repérer serait possible. Perplexité quand je réalise qu'il ne m'a pas dit *où* nous allons. Quelque chose néanmoins me pousse à obéir.

Je l'abandonne quelques secondes pour enfiler des vêtements décents, je ne pouvais certainement pas me balader dans les couloirs en chemise de nuit, et le rejoins. Je me chausse à la va-vite tandis qu'Eli vérifie que personne ne rôde dehors. De toute façon, je ne croise jamais personne... Je quitte la chambre, si légère sans menottes ni bâillon.

Il prend ma main, me menant jusqu'à l'ascenseur dans lequel nous pénétrons sans nous hâter. Il presse le bouton du huitième étage et, à une vitesse ahurissante, nous sommes déjà arrivés trois étages en dessous. Après quelques pas, une porte identique à celle de ma chambre s'élève devant nous. Mais en lieu et place du nombre 1109, se dessinent fièrement en noir les chiffres 815. Sans lâcher ma main, il déverrouille la porte avant de m'inviter à entrer.

C'est sa chambre, ne cessé-je de me répéter. En soi, elle est peu différente de la mienne, excepté les couleurs. Si les murs de la 1109 sont tout de saumon peints, ceux de la 815 sont d'un bleu ciel rafraîchissant. Dans un coin, trône une guitare sèche tout à fait magnifique. J'aperçois à peine Eli qui referme la porte et m'avance galamment sa chaise de bureau. Quand je m'en rends compte, j'y prends place avec un sourire. Je le dévore des yeux.

Il s'empare de sa guitare, se tient entre le lit et moi. Je le sens un peu stressé, comme si c'était la première fois qu'il va jouer devant quelqu'un. Plus pour lui que pour moi, il demande :

- Prête ?

J'acquiesce. Pour la forme. Il se met alors à jouer. Dès les premières notes de la chanson d'Aerosmbe, *I don't wanna miss a thing,* je suis transportée. Il a un talent incroyable de musicien ! Les notes sont jouées à la perfection et me donnent un sentiment bienvenu de liberté et de sérénité. Et lorsqu'il se met à chanter, c'est mon cœur qui chavire. Sa voix est superbe, merveilleuse et si mélodieuse, en harmonie totale avec la guitare. J'ai l'impression fort agréable d'être une demoiselle à qui l'on chante une sérénade. Et j'aime ça.

Je reste immobile une fois qu'il a terminé, je suis stupéfaite par sa prestation. Mon professeur est un artiste doué !

Comme à bout de forces, il se laisse tomber sur le lit et s'enquiert :

-   C'était vraiment nul, n'est-ce pas ?

Qu'Eli se sous-estime et se rabaisse de la sorte est inédit. Ça lui ressemble si peu mais, après tout, ce manque de confiance en lui ne le rend que plus attachant.

-   Oh non, ce n'est pas le mot que j'emploierais.

Ses joues rosissent, ses lèvres esquissent un sourire sublime et, rassuré, il pose sa guitare au pied du lit. Mon palpitant bat à une cadence infernale, j'ai chaud soudain.

Moi qui luttais il y a un quart d'heure contre mon désir et mon attirance pour lui, il vient de me donner une raison d'y céder.

Je me lève, aperçois le trousseau de clés dans la serrure. Et comme si quelqu'un d'autre prenait le contrôle de mon corps, j'atteins la porte à pas lents afin de la verrouiller.

-   Que faites-vous ? demande-t-il sans pour autant quitter sa place, décontenancé.

- Au cas où quelqu'un viendrait.

Il n'a pas l'air inquiet, simplement intrigué par mon comportement soudain. Pourtant, pour un spécialiste des micro expressions, je suis sûre qu'il a compris ce que je ressens en cet instant.

Je ne retourne pas m'asseoir sur la chaise de bureau mais plutôt à côté de lui, sur le lit. Je lui souris. L'électricité entre nous est presque palpable tout à coup, mon cœur bat à tout rompre, ma respiration se saccade. J'ai envie de ses lèvres sur les miennes, de ses mains dans mes cheveux... J'ai envie de lui, et cette envie résonne en moi tel un besoin primaire.

Nos regards se soudent l'un à l'autre, nos visages se rapprochent et je sens la réglisse de son haleine, nos mains s'entrelacent. Comme si nous étions ensemble depuis des décennies. Comme si je le connaissais depuis toujours. Comme si David n'avait jamais existé.

N'y tenant plus, je penche lentement la tête avec l'appréhension qu'il allait refuser, et l'embrasse. Il ne me repousse pas, je suis soulagée. Notre baiser est tout d'abord timide puis il devient pressant, avide. Fougueux. Si sensuel. Nos mains se séparent, ses doigts se glissent dans mes cheveux encore humides.

Jamais je n'ai ressenti pareilles émotions, pareil plaisir sous ses caresses et ses baisers. Perdue dans son regard émeraude, je m'abandonne entièrement à lui.

Au fond de moi, je sais que ce n'est que le début d'une passion qui changera toute mon existence.

École Senway

Bâtiment résidentiel, chambre 815

23h22

Comblés, trempés de sueur, nous roulons sur le lit afin de reprendre notre souffle. La lampe de chevet diffuse une lueur blafarde, tout à fait de circonstance. Dans notre danse endiablée, les draps ont été repoussés sur le sol où ils gisent à présent. Mes cheveux collent à mon front et à mes joues mais peu importe. Je viens de vivre une chose incroyable et merveilleuse.

Eli est un amant extraordinaire. Doux, attentionné et attentif, affectueux. Mon plaisir a été sa priorité et le résultat a été fabuleux pour nous deux.

Je tourne la tête pour l'observer à la dérobée. Les yeux au plafond, il paraît perdu dans ses pensées mais le rictus qui soulève le coin de ses lèvres trahit son état d'extase. Allongé les bras repliés sous sa nuque, il semble si jeune.

- Eli ?
- Mmmh ?
- Tu sais que c'est interdit de coucher avec ses élèves ?

Il se redresse sur ses coudes pour mieux me dévisager. Déjà, un sourire espiègle illumine son visage. Mon cœur fait un bond, ce qu'il est beau ! Tel un chat sautant sur sa proie, il se place au-dessus de moi et approche ses lèvres tout près de mon oreille droite :

- Tu vas me dénoncer ?

Mais je ne réponds pas. Car, tandis qu'il me mord le lobe de l'oreille, il me pénètre tout en douceur, sensuellement. Je pousse un gémissement, presque un cri et il se meut, m'octroyant des frissons de la tête aux pieds. Hélas, nous n'avons pas le temps de négocier sur l'éventuelle dénonciation. À la porte, quelqu'un tambourine comme un demeuré. Paniqués, nous nous fixons un instant, figés l'un dans l'autre. Enfin, le timbré finit par s'écrier :

- Eli ? Eli, t'es là ? Tu peux venir m'ouvrir s'il te plaît ? Je crois qu'on a un sérieux problème.

C'est John. Un mélange de déception – celle de devoir arrêter ce que nous faisons – et d'anxiété – celle d'avoir de gros ennuis – traverse son regard vert. À contrecœur, il se retire et bondit hors du lit. Le moment ne s'y prête certainement pas, mais j'en profite pour l'admirer en tenue d'Adam.

- Oui, je suis là, assure-t-il à l'agent. Laisse-moi une petite minute et j'arrive !

Il me somme de me cacher dans la salle de bains, entreprend de se rhabiller en deux temps trois mouvements. Je récolte mes vêtements éparpillés dans la pièce, me réfugie dans la petite pièce carrelée et m'empresse de refermer la porte derrière moi. Je tombe nez-à-nez avec mon reflet mais je n'ai pas le temps de m'y attarder. Je me rhabille à mon tour, tendant l'oreille.

Mon ventre se tord quand je réalise que, dans ma hâte, j'ai oublié d'emporter mes chaussures.

À travers la porte, je perçois toute la panique dans la voix saccadée de John.

- Gresson m'a paru vraiment agité toute la journée et j'ai voulu m'assurer que Cornelia allait bien, je suis passé à sa chambre, j'ai frappé plusieurs fois, je l'ai même appelée mais aucune réponse ! Tu crois qu'il a osé l'emmener pour de bon ?

Le pauvre a vraiment l'air inquiet pour moi, ça me touche. J'essaie d'imaginer la tête d'Eli à cet instant mais j'en suis incapable. Quelle tactique va-t-il adopter ?

- Calme-toi, John, tout va bien. Je peux t'assurer que Cornelia va très bien, affirme-t-il avant d'ajouter : elle est là.

En silence, j'ouvre la porte et franchis le seuil, tête baissée, honteuse et gênée. Quelques secondes passent durant lesquelles John tente d'évaluer la situation : son regard incrédule passe d'Eli à moi, de moi au lit défait, du lit défait à mes chaussures abandonnées dans un coin. Et il ne lui faut pas longtemps pour comprendre. Après un sifflement, il commente :

- Eh ben, mon salaud ! C'est risqué de toucher au fruit défendu.

Je me sens si mal à l'aise, le rouge me monte aux joues et je jette des coups d'œil embarrassés à Eli. John, loin d'en avoir fini, porte la main droite à son front.

- Alors là, vous m'avez bluffé, tous les deux. Je m'attendais à tout, surtout au pire, mais pas à ça.

Il dit ça sans agressivité aucune dans la voix. Ça ne sonne pas comme un reproche, cependant, sa surprise est trop vive pour qu'il la réprime. Je vois bien qu'il est soulagé de constater que je me porte bien – on ne peut mieux, à vrai dire – et je perçois une pointe d'amusement aussi. Comme si c'était le plus gros potin du siècle.

Eli, pas le moins du monde confus, l'avertit :

- Pas de ça avec moi, John.
- Mais je plaisante, tu me connais. Je vais vous laisser tranquilles, mais la prochaine fois que vous comptez faire des galipettes, prévenez-moi au moins. Ça évitera les inquiétudes inutiles.
- Ce n'était pas prévu, glissé-je d'une toute petite voix.

L'agent me lance un regard peu convaincu ainsi qu'un sourire condescendant puis quitte la chambre après nous avoir souhaité un « bonne nuit, les cachottiers. »

Eli lève les mains en signe d'excuse. La seconde d'après, il m'entoure de ses bras et retrouve son sourire resplendissant.

- Si on reparlait de cette histoire de dénonciation ?

Nous refaisons l'amour, plus passionnément encore que la précédente et je n'aurais pas cru la chose possible.

**

2h14. Mes joues rosissent au souvenir de ce que nous venons de partager. Et aussitôt, ce sentiment de culpabilité masque mon extase.

Et si je faisais une erreur ?

Mon regard croise celui d'Eli, allongé sur le flanc gauche, face à moi. Couchée sur le ventre, je serre l'oreiller contre moi et me cache sous les draps autant que possible.

- Quelque chose ne va pas ?
- Non. Enfin, si. À vrai dire...

Ne pas réussir à mettre de mots sur ce que je ressens me frustre. Pour un spécialiste des micro-expressions et de l'analyse vocale comme lui, il a tout de suite compris que quelque chose ne tourne pas rond. Il tend son bras pour caresser ma joue puis interroge :

- Que se passe-t-il, Cornelia ?
- Je..., hésité-je avant de me lancer enfin : Je ne veux pas que tu croies que je suis une fille facile et prête à tromper mon fiancé à la première occasion.
- Je n'ai jamais pensé une chose pareille, assure-t-il en secouant la tête.
- Ça me paraît important de te le dire.

Il cligne des yeux, me signifiant qu'il accepte. Chuchotant presque, je reprends d'une voix plus calme :

- Quand je me suis retrouvée ici, je ne pensais qu'à rentrer chez moi et reprendre ma vie où elle en était. Mais aujourd'hui, je prends conscience que ma relation avec David n'est qu'une façade.
- Que veux-tu dire ?

Je soupire. J'aimerais tellement lui confier tout ce que j'ai sur le cœur. Lui avouer que je n'étais plus heureuse ces derniers mois avec lui, que je ne me sentais plus épanouie mais seulement un trophée malmené par ses assauts. Mais je n'y parviens pas.

- Il ne veut pas se marier par amour mais pour suivre la mode. Ce n'est pas tant un désir de s'unir mais plutôt de suivre ce que la société a décrété ce qui rend heureux les hommes.
- Tu penses qu'il n'est pas amoureux ?

- Je suis persuadée qu'il est certain de l'être. Mais de l'être vraiment de l'image qu'on renvoie. Les apparences…

Je ne termine pas ma phrase. Est-ce que le comportement de David avec moi excuse mon acte de tromperie ? Certainement pas.

Un silence s'installe entre nous. Je le sens nerveux tout à coup, en profonde réflexion. Après une hésitation, il s'empare de ma main gauche de laquelle il retire ma bague de fiançailles.

- Dans ce cas, je crois que ça ne te servira plus.

Il jette la bague sur son bureau, se tourne vers moi et dépose un tendre baiser sur ma main.

Se peut-il que ce soit si simple ?

10ᵉ jour

Vendredi 19 décembre 2014

Boston, État du Massachusetts

Appartement de Cornelia Pikes et David McFlint

Washington Street, 15

L a tête entre ses mains moites, il se demande pour la centième fois au moins comment son écriture est arrivée sur cette satanée feuille. Il sait bien qu'il n'a jamais rempli ce contrat de location, il ne connaît même pas la société. Quelqu'un a usurpé son identité. Et cette personne cherche à le piéger, à le faire plonger pour le kidnapping de sa fiancée. Est-ce un proche ? Et pourquoi lui fait-on ça ?

Il a demandé à M. Mars d'interroger le loueur de voitures pour comprendre. Il doit bien y avoir une caméra de vidéosurveillance ! Son innocence ne doit pas être si compliquée à prouver, tout de même. Si ? Mais l'agence de location est porte close depuis deux jours sans indication pour les usagers de sa réouverture.

Un mauvais pressentiment lui serre la poitrine depuis qu'il a quitté les locaux de la police bostonienne, mercredi. Il a l'impression extrêmement désagréable de marcher avec une épée de Damoclès au-dessus de la tête.

Poussant un soupir, il va dans la salle de bains, ignore les vêtements sales qui débordent du panier à linge et les gouttelettes d'eau séchées qui maculent le miroir. Il ne voit que son reflet. Ses yeux injectés de sang. Ses traits tirés. Ses cheveux gras et en bataille, sa barbe de plus d'une semaine. Toujours aucune nouvelle d'elle aux informations, les médias ne sont même pas au courant de ce que détient la police.

Par ailleurs, cette dernière ne l'a pas contacté pour lui transmettre les résultats des tests ADN. Peut-être ne les ont-ils pas encore reçus ? Peut-être est-ce de bon augure pour lui ?

Il ne parvient pas à penser à autre chose qu'à la mort de Cornelia. Il est persuadé – sans pouvoir se l'expliquer – qu'elle n'est plus de ce monde. Sa théorie, bien qu'il ne puisse pas la prouver pour le moment, est telle : quelqu'un a assassiné sa chère et tendre fiancée et on veut le faire payer. Et s'il avait raison...

Son corps lui lance chaque jour un ultimatum et, bientôt, son mental fera de même. L'envie de baisser les bras est si forte, si séduisante. Pourquoi lutter, après tout ?

Il se rafraîchit le visage avant de retourner dans le salon, au milieu des cadavres de bouteilles de plus en plus nombreux. Son regard est soudain attiré par une forme jaune foncé devant sa porte d'entrée. Intrigué, il s'en approche et, une fois assez près pour distinguer l'objet, se baisse pour le ramasser.

Une enveloppe A4.

Perplexe, il la décachette et inspecte le contenu. Un DVD. Pas de lettre. Rien n'est écrit nulle part. De plus en plus décontenancé, il allume son ordinateur portable, entre son mot de passe. Une fois que sa session est lancée, il insère le DVD dans le lecteur.

C'est une vidéo en noir et blanc, filmée en hauteur, avec pour décor ce qu'il prend pour une chambre d'hôtel. Il s'informe sur la ligne du *time code* : 20h18, ce mercredi.

Son cœur manque un battement lorsqu'il reconnaît Cornelia, assise sur le lit, à côté d'un inconnu. Elle est donc en vie ! Et a l'air en plutôt bonne forme.

La vidéo, en dépit de sa bonne qualité, masquait aux yeux du jeune homme les contusions de sa fiancée.

Après une minute ou deux, Cornelia et l'inconnu s'embrassent. Se déshabillent. Font l'amour. Plus les images défilent, plus il pâlit. Paralysé, il n'a ni la force d'arrêter la vidéo, ni le courage de dévier son regard de celle-ci.

Bon sang...

Il s'apprête à arrêter le massacre en refermant son ordinateur lorsque la vidéo s'interrompt et qu'une question apparaît à l'écran :

Crois-tu toujours à son kidnapping ?

La vidéo repart de plus belle, plus de deux heures de film.

Abattu, son visage se décompose, son teint vire au livide et ses yeux perdent définitivement de leur éclat. Des larmes de désespoir et de rage roulent sur ses joues, son cœur s'emballe de fureur.

Il a enfin les réponses à ses questions.

École Senway – bâtiment administratif

Bureau du directeur Sweets

13h45

Nerveux, il remet en place les stylos sur son bureau. Elle a pourtant dit qu'elle ne tarderait pas. L'ordre qui règne dans son espace professionnel lui paraît aujourd'hui le plus grand des capharnaüms. Il s'oblige au calme. Peine perdue car trois coups discrets résonnent dans la pièce. Le souffle court, il autorise l'importun à entrer. Son secrétaire apparaît dans l'encadrement.

- Monsieur le Directeur, votre rendez-vous vient d'arriver.
- Bien, faites-la entrer.

Le jeune homme acquiesce et sort un instant. Le cœur battant, M. Sweets se lève lorsque son rendez-vous pénètre enfin dans la pièce. Comme un petit chien, il vient presque l'accueillir en lui léchant la main. L'envie ne lui manque certainement pas.

- Mademoiselle Lair ! Quel plaisir de vous recevoir une nouvelle fois !
- Tout le plaisir est pour moi, Monsieur Sweets.

Le ton sensuel et languissant de la jeune femme l'électrise. Un sourire béat sur les lèvres, il l'invite à prendre place face à lui. Une fois installée, il en perd tous ses moyens. Impossible de détacher ses yeux de ses immenses jambes fuselées et bronzées, ni de son décolleté plongeant. Pas de doute, cette femme sait s'y prendre avec les hommes.

Il est tiré de ses pensées intimes par la voix suave de son invitée qui reprend :

- Monsieur Sweets, ce matin-même, M. McFlint a réceptionné notre DVD surprise.
- Je gage que l'attention l'a profondément touché, approuve-t-il avant de lui demander : prendrez-vous quelque chose à boire ?

Sans attendre sa réponse, il se dirige déjà vers le mini-bar installé à côté de la grande armoire, dans le fond de la pièce. Mais lorsqu'il lève les yeux sur elle, elle secoue la tête.

- Quelque chose de chaud, mon ami.

En femme fatale qu'elle est, elle a brillamment insisté sur le « chaud », provoquant des ondes de chaleur dans le corps entier de M. Sweets. Il se remet à sourire béatement puis s'attelle à la préparation d'un café noir. Une femme de sa trempe ne peut le boire que noir, pense-t-il. Avant même de l'avoir servie, sa voix traînante retentit :

- J'ai eu beaucoup de plaisir à regarder cette vidéo. Votre collaborateur est très doué.
- Vous trouvez ? demande-t-il bêtement en posant la tasse de café sur le bureau.
- Vous avez fait un excellent choix, monsieur le directeur.

Il retient de justesse un sursaut lorsque le pied chaussé d'escarpin à talon lui touche la jambe. Il la dévisage, ses yeux aussi gros que des soucoupes. Elle sourit, un air faussement innocent sur les lèvres.

- J'aimerais énormément le rencontrer pour lui demander de passer expressément à l'étape suivante.
- Vous aimeriez le convaincre d'aller plus vite ? répond-il après avoir péniblement dégluti.

Lentement, le pied de la jeune femme remonte vers l'entrejambe du directeur, désarçonné. Il réprime un soupir, le désir montant en lui inexorablement. Cinq secondes plus tard, sans quitter les yeux extraordinairement bleus de son invitée, il pousse un gémissement quand le bout de la chaussure presse son érection.

- Nous en avons déjà parlé, susurre-t-elle avant de passer sa langue sur ses lèvres pleines. Je veux que vous la torturiez à un tel point qu'elle vous supplie de la tuer.

Il met un temps avant de répliquer. Cette femme lui coupe le souffle, les mots se bousculent au portillon sans cohérence aucune.

- Vous…, il se racle la gorge, réitère un peu plus fort : vous croyez qu'elle se montrerait aussi faible ?

Elle se lève brutalement, sans tomber son masque de séductrice, vient s'asseoir sur le bureau en croisant les jambes.

- À votre avis, quel est son point faible à présent ?

Bien décidée à aller au bout de son petit jeu, elle décroise aussitôt les jambes afin de poser ses pieds sur les accoudoirs du fauteuil du directeur, les écartant délibérément.

- Je meurs d'impatience, mon ami…

Sa supplique lui arrache un autre gémissement, avec l'impression qu'elle ne parle pas de leur affaire mais bien… d'autre chose. Malgré lui, il répond dans un souffle :

- Moi aussi…

Elle sourit, se penche, dévoilant les courbes attirantes de sa poitrine. Doucement, elle prend les mains de M. Sweets et les place avec autorité sur ses cuisses.

- Servez-vous de ce Spencer pour l'atteindre. Je veux qu'à notre prochain rendez-vous, nous sablions le champagne.

Elle marque une pause durant laquelle elle entreprend de défaire la cravate du jeune directeur.

- Levez-vous, ordonne-t-elle.

Pourtant habitué à donner des ordres et non à en recevoir, il se plie à sa volonté. Sur-le-champ, elle l'emprisonne entre ses jambes, vole sa bouche dans un baiser sauvage.

- Faites-moi grimper aux rideaux.

École Senway – Amphithéâtre 5A

Cours de langue italienne

9h10

Je redoute le cours de Mme Gasparini depuis la semaine dernière. Non pas que les cours me fassent peur mais j'appréhende.

Que va-t-elle inventer aujourd'hui pour me faire sortir de mes gonds ?

L'amphithéâtre est particulièrement bruyant lorsqu'elle fait son entrée, la démarche sévère et le port altier. D'emblée, elle ordonne dans un hurlement étranglé de nous taire, en italien.

J'aperçois un mouvement à ma droite, je tourne discrètement la tête. Mme Gasparini a déjà l'air de bien mauvaise humeur sans que j'en rajoute en me faisant remarquer. Je réprime un sourire quand mes yeux rencontrent le regard plein de compassion du jeune garçon qui a pris ma défense. M. Aubrahn. Il regarde autour de lui et, une fois certain que personne ne l'épie, pose une feuille sur la table devant moi. Toujours ligotée et bâillonnée, il m'est bien évidemment impossible de m'en saisir ; aussi, je me penche légèrement pour y voir de plus près. Quelques mots de son écriture soignée apparaissent : *J'aimerais beaucoup vous parler. Si vous êtes d'accord, faites-moi signe et je me débrouillerai pour vous rencontrer.*

Je suis surprise par cet élan de secourisme, certes tardif mais néanmoins existant. Je prends le temps de la réflexion. Plus j'y réfléchis, plus mes pensées vagabondent vers une seule et même personne : Eli. Puis-je me permettre de faire confiance à quelqu'un d'autre que lui ? Je n'en suis pas sûre. Ai-je vraiment envie de mettre un des élèves de l'école en danger alors que ma volonté est justement de tous les libérer ?

Mon esprit se perd… et mon cœur rate un battement quand je me remémore les étreintes passionnées échangées avec Eli. Mon corps en réclame encore. Des émotions contradictoires me tourmentent : ce désir qui m'envahit sans répit, comme si je découvrais pour la première fois le plaisir charnel ; cette culpabilité qui m'assaille sans relâche.

David. Mon David.

J'ai osé lui faire ça. J'ai commis l'irréparable. Et une part de moi n'arrive pas à voir mon acte comme une erreur.

La peur, insidieuse, m'envahit à son tour. Si je sors d'ici, il me faudra certainement du temps pour me reconstruire. Pour me remettre de ce traumatisme. Comment pourrais-je reprendre le cours de ma vie ? Ça me paraît impossible, à des années-lumière de mon état d'esprit.

Les yeux embués, j'observe Mme Gasparini écrire au tableau quelques règles de grammaire complexes. Je me sens rassurée d'être ignorée. Si elle ne m'adresse pas la parole, elle ne me frappera pas, n'est-ce pas ?

Incertaine, je relis le mot laissé par le jeune garçon. Peut-être ne me veut-il vraiment aucun mal ? Je décide de prendre le risque. Je me tourne vers lui, hoche la tête. Seul un sourire pour réponse. Je suis frustrée de ne pas savoir si ses intentions sont bonnes ou non.

L'heure de cours se déroule extrêmement lentement. Je subis le ton cassant et sans entrain de la professeure, en me répétant les mots simples et pleins d'espoir d'Eli.

La situation peut-elle être aussi facile que d'ôter la bague à mon doigt et la jeter comme un mouchoir usagé ?

J'en doute.

En silence, Mme Gasparini distribue quelques feuilles d'exercices. Je crois qu'elle m'oublie délibérément mais elle choisit de me donner les exercices après tout le monde. Je lève les yeux vers elle. Elle me domine de toute sa hauteur, le regard menaçant. Sa voix à peine contenue de mépris claque dans tout l'amphithéâtre après avoir plaqué bruyamment sa main sur la table :

- Ecco per Lei i compiti. Siccome parla così bene l'italiano, ci sono alcuni esercizi di più. E si affretti a farli ![6]

Je m'attends à essuyer une gifle mais elle tourne les talons et se dirige vers le tableau noir. Devant les regards mi-interloqués, mi-hagards des étudiants, elle range rageusement ses affaires dans son attaché-case. Au bout de quelques secondes, ils l'imitent, puis attendent patiemment.

John entre dans l'immense salle, murmure deux ou trois mots à la professeure et vient vers moi. Mme Gasparini note au tableau les dates pour les devoirs à rendre : 9 janvier pour le devoir de grammaire, 16 janvier pour celui de vocabulaire.

L'agent me détache de la chaise, s'empare de mes maigres affaires. Laissant derrière moi ce sentiment angoissant d'être observée comme une bête de foire, je le suis à la sortie de l'amphithéâtre.

Une fois dans le couloir, à l'abri des oreilles indiscrètes, il défait mon bâillon et murmure, railleur :

- Vous avez une petite mine, Cornelia. Mal dormi ?
- Vous cherchez les ennuis, John ? réponds-je sur le même ton.
- Mais pas du tout ! dit-il en riant franchement.

J'observe ce jeune homme à la dérobée, cet agent aux yeux si doux en qui Eli met toute sa confiance.

Et s'il se trompait ?

---

[6] Voici pour vous les devoirs. Puisque que vous parlez si bien l'italien, il y en a quelques-uns de plus. Et dépêchez-vous de les faire !

École Senway

Bâtiment résidentiel, chambre 1109

12h15

Le visage fermé, Eli reste silencieux depuis que je lui ai exposé la demande du jeune Aubrahn. Il semble en intense réflexion, pèse le pour et le contre. Son silence, bien trop long à mon goût, me met à l'aise. Ce n'est pas courant.

- Tu penses qu'on peut lui faire confiance ? finit-il par demander.
- J'aimerais surtout savoir ce qu'il me veut, éludé-je.
- Je n'espère pas la même chose que moi, rétorque-t-il dans un sourire crispé. Je n'ai pas tellement envie de partager.

Abasourdie, je le fixe de mes yeux écarquillés.

Vient-il vraiment de dire ça ? Est-ce une blague de mauvais goût ? Mon effarement fait place à une sourde colère, en écho à ma culpabilité sournoise et grandissante.

- Tu plaisantes, là ? Dois-je te rappeler que je suis fiancée et que tu me partages déjà ?

Je me suis laissé emporter et dévier du sujet qui nous préoccupe.

Il s'approche de moi, les joues rouges, son regard vert plus intense que jamais. Pour une fois, je me suis appuyée sur le bureau au lieu de m'asseoir sur le lit.

Fermement, il me prend dans ses bras, m'arrache un autre de ses ardents baisers. Aussitôt, une chaleur familière se répand dans mon corps. Je ne peux m'empêcher de nouer mes bras autour de son cou, savourer ses lèvres au goût si addictif de réglisse. Les secondes passent, il détache sa bouche de la mienne et chuchote :

- Je ne supporte pas de te partager avec lui, Cornelia.

Il reprend mes lèvres, il semble de ne jamais s'en lasser. Mon cœur s'emballe. Une évidence s'impose à moi : cet homme me rend complètement folle.

Très vite, un désir violent monte dans nos corps, nos gestes deviennent fébriles et, tandis que je le débarrasse de sa chemise, il me soulève afin de me positionner plus confortablement sur le bureau. Aucun de nous ne pense à la porte entrouverte.

J'enserre mes jambes autour de sa taille, il retire mon pull qu'il lance à travers la chambre. Dans les secondes qui suivent, mon soutien-gorge subit le même sort.

- Tu es si belle...

Ses mains douces caressent ma poitrine généreuse, son corps chaud se presse contre le mien. Mon cœur bat la chamade, je ne cesse de me dire que c'est certainement l'un de nos derniers instants ensemble. Je sens la panique me gagner. Je ne peux pas m'imaginer partir d'ici sans lui. Aussi, dans un accès de désespoir, ma demande sonne comme un ordre :

- Évade-toi avec moi demain !

Il s'immobilise, son regard interrogateur plongé dans le mien. Mon souffle se bloque dans ma gorge jusqu'à ce que jaillisse sa réponse :

- Tu es sérieuse ?

- Plus que jamais, affirmé-je en le serrant davantage contre moi.

C'est comme si une mouche l'avait soudain piqué. Il reprend fougueusement ma bouche, ses mains pressent mes seins puis défont la ceinture de son pantalon, lequel tombe à ses chevilles. Avec autorité, il m'allonge sur le bureau, s'attelle à enlever mon jean. Sa respiration saccadée trahit son empressement, il ne s'embarrasse même pas d'enlever ma culotte. Il réussit à se frayer un étroit chemin et me pénètre impérieusement.

Surprise par sa vigueur, je ne retiens pas mon cri de plaisir.

Très vite, ses coups de reins deviennent puissants et cadencés, faisant naître en moi un tourbillon de sensations exquises. Je l'entends pousser des râles et, tandis qu'il s'agrippe à ma poitrine pour accélérer le rythme, une chaleur de plus en plus intense évolue dans mon ventre. Le plaisir se fait violent, nos halètements et murmures en témoignent.

Avec peine, je me retiens de hurler de bonheur lorsque j'atteins l'orgasme ; mes bras ont balayé toutes les affaires sur le bureau qui jonchent le sol à présent.

Eli se mord la lèvre pour ne pas crier, je devine à ses mains crispées sur mes seins qu'à son tour, le plaisir a gagné son paroxysme.

Il se retire en douceur, me caresse un instant, me serre contre lui le temps de reprendre nos souffles. Il s'écarte de moi, lentement, à contrecœur, et se rhabille à la hâte. Encore engourdie, je me redresse et jette instinctivement un œil sur le radio-réveil de la table de chevet. L'air déserte mes poumons quand je vois 13h55 s'afficher en chiffres digitaux rouges.

Comment le temps a-t-il défilé à cette vitesse ? Je n'arrive pas à croire que nous venons de faire l'amour pendant plus d'une heure et demie... Je n'ai même pas déjeuné !

On frappe à la porte.

- C'est bon, vous avez fini ? demande John, toujours autant amusé. Ça fait au moins un quart d'heure que j'attends pour emmener Mademoiselle à son cours.

Mais il n'attend pas l'autorisation d'entrer. Ses yeux s'agrandissent d'incrédulité devant les livres, feuilles, stylos et vêtements éparpillés par terre. Enfin, son regard se pose sur moi. L'éclair de désir qui traverse ses pupilles me fait froid dans le dos.

- John, si tu ne veux pas prendre mon poing dans la figure, sors de là tout de suite.

L'agent ne se le fait pas dire deux fois. C'est la première fois que je vois Eli en colère, moi qui en doutais jusqu'à maintenant, je dois dire que le changement est saisissant. John quitte la chambre sans même rougir.

Dans un soupir, Eli ramasse mes affaires et me les tend gentiment.

- Je suis désolé pour John, dit-il en rangeant le bureau.

Le rouge me monte aux joues à la pensée que John ait pu nous entendre. Qu'il ait pu nous *voir*. Je fais signe à mon cher professeur d'approcher et lui chuchote au creux de l'oreille :

- Je n'ai pas aimé sa façon de me regarder.
- Moi non plus, affirme-t-il, le regard dur. Je vais arranger ça, Cornelia. Compte sur moi.

Quelque peu rassurée et enfin prête, je laisse Eli me passer les menottes dans le dos. Je m'apprête à me retourner pour qu'il me bâillonne mais il m'en empêche. Il m'enlace de ses bras puissants, glisse ses lèvres dans mon cou puis, après un léger baiser qui me fait frissonner, il murmure :

- Pour ta demande de tout à l'heure, nous en reparlerons ce soir.

Il me fait faire volte-face, m'embrasse une dernière fois avant de me remettre tendrement le bâillon.

École Senway – Salle 110
Cours de mathématiques
15h03

Ce que je vis avec Eli est absolument fabuleux. Les heures s'égrènent et, petit à petit, je me défais de cette culpabilité étouffante. Malgré moi, je compare les deux hommes. Mon David n'a jamais été d'une telle tendresse envers moi, ni d'une telle prévenance. Eli est la douceur incarnée, David d'une brutalité inconsciente, souvent blessant, et maladroit dans ses mots. Le premier m'offre l'attention que le deuxième n'a jamais su me donner. Si je ne suis jamais assez belle pour David, je le suis toujours pour Eli.

Et surtout, Eli me manque à chaque minute que je passe éloignée de lui. David m'a-t-il manqué une seule fois depuis que je suis enfermée ici ? Bientôt, tout cela ne sera qu'un mauvais rêve.

Les yeux plissés et fixés sur Gresson, je m'efforce de me projeter dans un avenir très proche, libre de mes liens et enfin sortie de cet enfer. Il tourne légèrement la tête, nos regards se croisent. Il se fige une bonne dizaine de secondes, jusqu'à ce que la voix d'un étudiant le ramène à la réalité.

- Monsieur, tout va bien ?

Ses prunelles sombres quittent les miennes pour se poser sur sa montre hors de prix. Il hésite un instant, semblant évaluer les conséquences de sa décision, puis finit par annoncer :

- Oui, tout va bien. Le cours est terminé, vous pouvez y aller.

Les élèves ne se font pas prier, ils rangent leurs affaires et détalent séance tenante. Une fois le calme revenu dans la salle, l'angoisse oppresse ma poitrine. Je me retrouve seule avec lui.

Son visage, demeuré inexpressif, me met terriblement mal à l'aise. Comme si son esprit était ailleurs. J'aperçois sa mâchoire se crisper, on dirait qu'il se livre un combat intérieur violent.

Il se rapproche de moi, dangereusement. Je me prépare déjà aux coups qu'il retient, bloque ma respiration sans détacher mes yeux de lui.

Mais il n'esquisse aucun geste brusque, au contraire. Il lève doucement ses mains vers l'arrière de ma tête, défait le bâillon. Surprise, je le transperce d'un regard interrogateur. La suite me stupéfie plus encore.

Il s'accroupit devant moi, murmure :

- Cornelia...

Je tressaille à mon nom. Mais ne cille pas. J'attends patiemment qu'il reprenne.

- Je suis désolé pour tout ça. Vraiment. Vous êtes libre de ne pas me croire.
- C'est trop tard, m'entends-je rétorquer. Vous m'avez déjà menti. Je ne peux plus vous faire confiance.

Un silence tombe entre nous, durant lequel les secondes s'écoulent douloureusement pour lui. Il poursuit enfin, la voix basse et à la limite du désespoir :

- Je donnerais et ferais n'importe quoi pour avoir votre pardon.

Nos visages se touchent presque, nos souffles se mêlent. La rage a déserté ses traits ; pendant un instant, je crois que le David que j'avais apprécié est revenu. Une question s'impose soudain à moi : souffre-t-il de troubles bipolaires ?

Ses yeux quittent les miens pour se poser sur mes lèvres fermées, insistants. Il va m'embrasser, je le sais. Je tourne brutalement la tête dans une sorte de réflexe de survie, il soupire de frustration.

- Qu'a-t-il de plus que moi ? demande-t-il, puis après un silence : son odeur insupportable est partout sur vous...

Je ferme les yeux au souvenir des mains d'Eli caressant chaque parcelle de mon corps, les battements de mon cœur s'accélèrent. Je n'accepte pas sa façon de parler d'Eli, implicitement.

- Vous êtes jaloux, lâché-je sans plus daigner le regarder. Vous êtes jaloux que votre supérieur donne plus de pouvoirs à un simple professeur plutôt qu'à vous, son bras droit.
- Vous ne savez pas de quoi vous parlez.

- Oh que si, sifflé-je. Mais je ne tomberai pas dans votre piège.

Son visage se décompose de haine non retenue. Le changement est si impressionnant que c'en est effrayant. Malgré la promesse que je me suis faite, la panique me tord le ventre, l'effroi me submerge. Quand il saisit mon cou de sa main puissante, je crois défaillir d'épouvante. La douleur envahit ma gorge ; j'ai beau chercher de l'air, mes poumons restent incontestablement vides. Je suffoque.

Évidemment, je n'ai aucun moyen de me défendre, je suis, comme toujours, pieds et poings liés.

- Ce n'est pas de la jalousie ! hurle-t-il en laissant exploser sa fureur. Tu mérites mieux que lui, tu me mérites, moi ! Vas-tu enfin me supplier de te sauver la vie ?

Je manque toujours d'oxygène, cependant – et sans que je sache comment – je réussis à articuler :

- JA-MAIS !

Il resserre son emprise, comme devenu fou. Ses yeux, injectés de sang, lancent des éclairs. Son visage est crispé dans une grimace sous l'effort qu'il fournit. Et tandis que ma vue se tâche de points noirs, je me demande comment j'ai pu être aussi naïve. Comment ai-je pu croire que le David que j'ai apprécié était de retour ?

Soudain, la porte s'ouvre dans un fracas assourdissant.

- Monsieur Gresson ! hurle John en tentant de l'éloigner de moi mais en vain. Monsieur, ce ne sont pas les ordres ! Calmez-vous !

Mais au lieu de l'écouter, Gresson serre davantage sa main autour de mon cou. Privé trop longtemps d'air, mon cerveau ne répond plus. Je finis par m'évanouir.

**

Mes yeux s'ouvrent subitement lorsque l'eau glacée m'inonde le visage. J'ignore combien de temps je suis restée inconsciente, mais visiblement pas très longtemps puisque je me trouve encore dans la salle 110. John me fait face, inquiet.

- Est-ce que ça va, Cornelia ?

Je suis incapable de prononcer le moindre mot en raison de ma gorge nouée, éprouvée. Je hoche simplement la tête. Puis je l'interroge du regard. Tout en défaisant mes liens, il murmure :

- Parti.

Quel lâche !

J'ai toujours autant de mal à inspirer et les points noirs qui dansaient devant mes yeux avant mon évanouissement se sont transformés en points blancs extrêmement lumineux. J'ai la désagréable sensation que mes globes oculaires sortent de leurs orbites. John met fin à mes lamentations mentales.

- Allez, je vous emmène voir votre prince charmant, il nous attend à la bibliothèque.

J'esquisse un faible sourire. Il m'escorte – quel joli terme lorsqu'on est attachée – jusqu'à la sortie et j'ai une surprise en déboulant dans le couloir à peine éclairé. Ce doit être la première fois que je croise quelqu'un dans les couloirs...

Face à moi, deux agents en costume et lunettes noirs (de vrais Men In Black !) nous fixent d'un air revêche. Celui de gauche a ma taille, le front plissé et le teint blafard. Celui de droite arbore une moustache épaisse légèrement grisonnante, dépasse son collègue de deux ou trois centimètres mais vraiment pas plus, et sa bouche esquisse un parfait envers du sourire : je n'ai jamais vu une moue aussi disgracieuse de ma vie.

- Salut, les gars ! lance joyeusement John.
- Tu l'as pas bâillonnée, bouffon, rétorque Moustachu.
- Mais pourquoi voulez-vous bâillonner un si joli minois ?
- Parce que c'est les ordres, assène Front Plissé.
- Bon, si vous y tenez...

John, d'un air désolé, s'empresse d'obéir aux ordres. Nous jetons un dernier regard au duo peu commode de crétins avant de quitter le couloir.

Une tristesse sans nom empoigne mon cœur. Bien que ce soit mon dernier cours de la journée, de la semaine et – théoriquement – de mon cauchemar, je ne parviens pas à me réjouir : j'ai un mauvais pressentiment.

École Senway – Bibliothèque

16h18

Assis toujours à la même table du fond de la bibliothèque, Eli corrige des copies d'un air concentré. Silencieusement, John et moi nous approchons.

- Je t'apporte ta captiiive, chantonne John.

Mon « tuteur » lève la tête vers nous, pas surpris le moins du monde de notre intrusion, plonge son intense regard émeraude dans le mien. Mon cœur rate un battement. Ce que j'aime ses yeux…

J'essaie de lui sourire mais le bâillon m'en empêche.

- Enlève-lui ses liens, John.
- Je n'ai vraiment pas eu de chance ! se lamente ce dernier en retirant d'abord mon bâillon. On a croisé les « gorilles » (il imprime dans l'air des guillemets avec ses doigts avant d'ôter les menottes) du Directeur. Pas aimables pour un sou, tu peux me croire.

Eli se met debout pour nous faire face puis demande avec inquiétude :

- Que s'est-il passé ?
- Ce salaud de Gresson a essayé de la tuer.

Une multitude d'émotions traversent le regard halluciné de mon beau professeur : ahurissement, terreur, rage. Toute couleur déserte tout à coup son visage, ses mains se mettent à trembler.

Il caresse ma joue, semble chercher sur mes traits l'assurance que je vais bien. J'aimerais le tranquilliser, mais je n'y parviens pas.

Et soudain, ses yeux s'étrécissent jusqu'à ce que ses paupières deviennent deux fentes minuscules.

- Relax ! s'écrie John. Je suis intervenu à temps comme tu peux le voir.

- Là n'est pas la question, rétorque durement Eli. Il a tenté de l'*assassiner*. Ce qui veut dire qu'ils passent à la vitesse supérieure.

Silence.

J'attends que l'un deux reprenne la parole, c'est peine perdue. Je me racle la gorge plusieurs fois – ça me fait un mal de chien – et tente de briser le silence de ma voix terriblement rocailleuse :

- Il va falloir redoubler de prudence.

Eli fixe un point sur le sol. Sur le moment, il me fait penser à un enfant qu'on vient de gronder. Je ne l'ai jamais vu si peu sûr de lui et c'est troublant.

Il finit par lever la tête vers moi, ses yeux s'agrandissent. Une lueur mauvaise, de méfiance et d'animosité mêlées, naît dans ses prunelles. Ce regard, destiné à un point derrière moi, éveille ma perplexité et m'invite à me retourner.

La surprise m'étreint car le jeune Aubrahn vient d'arriver, son sac à dos en main. Il esquisse un sourire timide. Lentement, il s'approche, cherchant à me rejoindre et une fois qu'il est assez près, je peux discerner son eau de toilette boisée, peut-être un tantinet trop fort pour son âge. C'est la première fois que je découvre les yeux du jeune homme, un joli brun-vert.

- Ça me fait bizarre de vous voir... sans vos liens.

Je ne réponds pas, j'en suis bien incapable à cause de ma gorge qui me paraît tout à coup avoir triplé de volume. J'aimerais tant lui dire que je suis heureuse de le voir en dehors de nos cours en commun mais je n'ai pas vraiment d'idées sur la raison de ce « rendez-vous ».

- Je vous remercie d'avoir accepté de me rencontrer.
- Vous êtes le seul élève qui prend ma défense, croassé-je, j'ai pensé que c'était la moindre des choses, M. Aubrahn.
- S'il vous plaît, je m'appelle Anthony.
- Très bien, Anthony. Pourquoi teniez-vous à me parler ?
- Pouvons-nous nous asseoir pour en discuter ? propose-t-il, affable.

Ce que nous faisons, tous. Eli et John, les sourcils froncés mais silencieux, accordent toute leur attention au jeune Aubrahn. J'ai mal quand je parle, aussi je chuchote pour ménager ma gorge malmenée.

Le regard jovial d'Anthony ne me quitte pas, il a tout de l'ado heureux de vivre et c'est très surprenant dans un endroit pareil.

- J'aimerais vous aider, annonce-il à brûle-pourpoint.
- M'aider ? répété-je intelligemment.
- Oui. Mon père est le concierge de cette prison (le ton qu'il emploie m'indique clairement sa façon de penser). Lui et moi ne croyons pas aux histoires que l'on raconte à votre sujet. Nous pouvons vous apporter notre aide.

Je fronce les sourcils. Tout mon corps crie à la méfiance mais je ne peux pas m'empêcher de demander :

- Au risque que votre père perde son emploi et vous, votre place privilégiée dans cette école ?

Malgré moi, mon ton s'est durci. Et à travers ces quelques mots, j'espérais lui faire prendre conscience du danger auquel il veut les exposer, lui et son père.

- Comment comptez-vous vous y prendre ?

- C'est pour ça que je suis là, affirme-t-il sans se démonter. Je veux trouver une solution avec vous.

Eli et John s'agitent sur leurs sièges, mal à l'aise. Anthony les observe, un instant distrait par leur présence protectrice.

- Pourquoi voulez-vous l'aider ? interroge Eli.
- Parce que je suis humain, Monsieur. Qui croirait à cette histoire de criminelle cachée par le gouvernement dans une prestigieuse école ? C'est absurde, ça ne tient pas debout.

Cet étudiant est-il le seul doué d'intelligence dans cette école de psychopathes ? Et comment les autres peuvent-ils à ce point être aveugles ?

- Comment se fait-il que vous soyez le seul à vous en rendre compte ?

Eli hausse un sourcil, tout à fait intéressé par la réponse du jeune garçon. Anthony se mord la lèvre, hésite, pique un fard. Il se triture les mains, nerveux, et lâche après des secondes de lutte mentale :

- Je ne dois pas en parler mais mon père... a vu des choses... abominables ici.
- Abominables comment ? s'enquiert Eli, toute son attention captée par l'information.

Mais Anthony, visiblement effrayé d'en avoir trop dit, garde bouche close et leur adresse un regard d'excuse.

- Je sais de quoi ils sont capables, reprend-il au bout d'un moment. Mensonges, manipulation, peu soucieux des lois pour arriver à leurs fins. Mon père n'aura de cesse d'œuvrer contre eux au cœur même de leur territoire.

Je suis abasourdie par ce qu'il nous apprend. Choquée, sidérée. Un tourbillon de questions m'attaque, il me semble risqué de toutes les poser.

- Mais… Anthony, pourquoi vous et votre père ne rentrez-vous pas chez vous ?

Une lueur de défi passe dans les prunelles de l'étudiant. Du défi oui, et autre chose de plus dur encore.

- À votre avis ? Pourquoi croyez-vous que les membres du personnel restent malgré tout ce qui s'y passe ?

Pas de doute, à présent. C'est de la haine à l'état pur qu'il voue à cette école. Et ce qu'il nous révèle explique énormément de choses. Ça confirme également ce que j'ai fugacement pensé un jour : ils sont sous la menace. C'est encore pire que ce que je croyais.

- C'est parce que je sais toutes ces choses que je tiens à vous aider, ajoute-t-il.

John reste farouchement silencieux, considérant la table avec intérêt, comme s'il ne nous écoutait pas ou ne se sentait pas concerné. Eli se racle la gorge.

- Vous permettre d'aider Cornelia, c'est risquer de vous mettre en danger, vous et votre père. Et je ne tiens à prendre ce risque, personnellement. Mais ce n'est pas à moi d'en décider.

Anthony et Eli tournent la tête vers moi, dans l'expectative. Le regard plein d'espoir de l'un fait opposition à la mine soucieuse de l'autre.

- Je pense qu'Eli a raison. Et c'est d'autant plus vrai avec ce que vous venez de nous dévoiler, Anthony. Mais je vous promets d'y réfléchir.

La déception décompose le visage poupon d'Anthony. J'ai un pincement au cœur, je ne veux pas le blesser et j'espère qu'il comprendra que notre réticence ne sert qu'à les protéger. J'ajoute dans un souffle :

- Merci infiniment, Anthony.

Il incline solennellement la tête, se remet sur pied et quitte la bibliothèque. J'ai la désagréable impression de perdre un ami.

- Maintenant que nous avons réglé cette question, tu peux nous laisser, John. J'aurai à te parler, plus tard.

Inhabituellement silencieux, l'agent acquiesce distraitement, le regard perdu sur la table. Il se lève quelques secondes plus tard – en décalage, mais bon sang : que lui arrive-t-il ? – et sans même nous adresser la parole, suit le même chemin que le jeune Aubrahn. Le front plissé, Eli et moi échangeons un regard inquiet. Je hausse les épaules. Peut-être est-il malade.

- J'aimerais que nous parlions de ta demande, glisse-t-il en reportant toute son attention sur moi.

Il n'a pas mentionné quelle demande mais nous savons tous les deux de laquelle il est question. Je ne réponds pas, l'encourageant à poursuivre.

- Tu voudrais qu'on s'évade tous les deux, demain.
- Oui, lâché-je simplement.

Je crains que si j'en dis plus, il m'oppose un refus catégorique qui briserait mon cœur au bord de l'éclatement maintenant. Mes joues se réchauffent, ma respiration se bloque.

- Je peux te demander pourquoi ?
- Eh bien, parce que…

Comment mettre des mots sur ce que je ressens ? Plus les jours passent, plus je m'attache à lui. Sa manière de m'observer, comme si j'étais la seule femme au monde ; sa douceur, sa tendresse, son humour, son sourire, son odeur… J'aime tout de lui et il m'est intolérable de renoncer à sa présence dans ma vie.

- Parce que je tiens à toi et que je ne me vois pas partir d'ici sans toi.

Il ferme un instant les yeux, comme soulagé par mes propos. On aurait dit qu'il attendait précisément cette réponse et qu'il est apaisé de l'entendre. J'avais craint qu'il se moque de moi, ou pire, laisse tomber tous nos plans. Pas du tout. Il saisit mes mains, esquisse un timide sourire, murmure dans un souffle :

- Moi aussi.

Il serre mes doigts entre les siens. Je reste sans réaction parce que, aussi intelligente que je suis, je ne suis pas sûre d'avoir bien compris.

- C'est même plus que ça, ajoute-t-il, les joues roses. Je suis tombé amoureux de toi, Cornelia.

L'émotion me submerge, impossible de la contrôler. Les larmes embuent mes yeux, débordent et roulent sur mes joues brûlantes. Tendrement, il les sèche avec son pouce, caressant mon visage au passage.

- Alors, ma réponse à ta demande : oui. Bien sûr que je veux m'échapper avec toi demain.

Silence.

Je baisse la tête, soudain honteuse.

- Je me rends compte à quel point ma demande est égoïste. Tu vas risquer ta vie à cause de moi.
- C'est ma décision et je l'assume, Cornelia. Je veux partir avec toi.
- Tu n'as pas peur des représailles de l'école ?
- On les fera tomber, promet-t-il, plus déterminé que jamais.

11ᵉ jour

Samedi 20 décembre 2014

Boston, état du Massachusetts

Appartement d'Irma

Harrison Avenue, 305

L e cœur battant la chamade, il frappe à la porte qu'il s'était pourtant juré de ne jamais voir. Une partie de lui espère que cette porte ne s'ouvrira pas, le contraignant à rentrer chez lui et de broyer du noir. Mais l'autre partie espère ardemment le contraire.

Le visage d'Irma apparaît dans l'encadrement, s'illumine dès qu'elle aperçoit David sur le seuil.

- Entre, je t'en prie.

Bien qu'elle soit très heureuse de sa venue, elle n'en est pourtant pas surprise. Mais peut-être se fait-il des films. Après tout, il n'est pas expert dans l'art de disséquer le langage non verbal.

Peu sûr de lui, il pénètre dans l'appartement à la décoration contemporaine et aux couleurs claires, apaisantes. Le salon, dans les tons beige et chocolat, offre un canapé d'angle en cuir à l'air extra confortable. David est très étonné de ce luxe, de constater que l'amie de sa fiancée – *de ton ex*, s'admoneste-t-il – vit aisément.

- Tu bois quelque chose, mon chou ?

Il refuse. Un malaise insidieux plane entre eux, ce qui le rend inhabituellement taciturne. Elle se sert un *espresso* et l'invite à s'asseoir sur le canapé.

Il la détaille des pieds à la tête. Elle est vêtue d'une robe courte à manches longues, les sandales à talon bleues sont assorties. À son cou gracile, elle porte un collier de plusieurs pierres transparentes qui met en valeur son décolleté. Elle surprend son regard, esquisse un sourire satisfait. Voire même triomphant. Il fait mine de ne pas l'avoir remarqué.

- C'est très beau, chez toi. Je suis surpris.
- Merci, susurre-t-elle. J'ai travaillé dur pour ce résultat. Petite, je rêvais d'un appartement de ce genre.

Silence. Malaise.

Elle ne le quitte pas des yeux, comme fascinée par sa présence si proche. Sur ses lèvres brûlent une question qu'elle se retient de poser. David le sait, il a repéré le rictus qui déforme joliment sa bouche pleine. Alors, il décide de la devancer.

- Tu ne me demandes pas pourquoi je suis là ?
- Je le sais déjà, réplique-t-elle en balayant sa question d'un geste gracieux de la main. En revanche, je ne sais pas si tu es sûr de toi.

Elle est installée nonchalamment sur le canapé, légèrement penchée vers lui, ses longues jambes croisées. Paresseusement, elle enroule une des mèches de ses cheveux blonds autour de son doigt parfaitement manucuré.

Il baisse la tête. La honte le submerge d'un coup.

Que s'apprête-t-il à faire, au juste ? Tromper Cornelia ? Puis rompre leurs fiançailles ?

Et puis merde ! C'est elle qui l'a cherché, après tout ! Elle est partie avec un autre, il en a la preuve en images.

Alors, pourquoi son corps et son cœur refusent de faire ce que sa tête lui commande ?

Il soupire. À contrecœur, il relève les yeux vers Irma et souffle :

- Moi non plus, je ne sais pas. Depuis que Cornelia n'est plus là, je suis complètement perdu. Et… je me sens tellement seul.

Lorsqu'il discerne les flammes dans les pupilles de la jeune femme, il regrette aussitôt ses paroles. Les lèvres d'Irma s'étirent en un sourire moqueur. Elle s'approche dangereusement de lui – il a l'impression qu'il va se faire aspirer –, si près qu'il peut sentir les notes vanillées de son eau de parfum. Elle pose une main possessive sur sa cuisse.

- Mon pauvre David… depuis quand ne t'a-t-elle pas fait l'amour avant sa… disparition ?

Nouveau silence. Il n'aime pas du tout le ton qu'elle emploie. S'il doit être totalement honnête, il n'a jamais apprécié sa manière de s'exprimer.

Même s'il ne veut pas répondre, dans son esprit fusent déjà les images de leur derniers ébats passionnés. Tendres. Fusionnels. Magiques. Il a toujours su exiger de sa future épouse la tendresse qu'il mérite.

Irma, qui ne se doute pas un seul instant des pensées qui tourmentent le jeune homme, approche ses lèvres de son oreille.

- Est-ce que tu me donnes l'autorisation de te faire du bien ?

Il se mord la lèvre inférieure. Il doit dire non. La fidélité fait partie de ses principes. D'autant plus qu'il déteste ce sentiment de concéder la victoire à Irma, d'avoir perdu une lutte dont il ne pensait pas prendre part à un moment de sa vie.

Les images de la vidéo lui reviennent en mémoire. Douloureuses. Insidieuses. Dévastatrices. Qui donc est ce type ? D'où l'a-t-elle connu ? Est-ce que ça dure depuis longtemps ?

Autant de questions qui le torturent et le hantent depuis des heures. Ces images ne quitteront jamais son esprit. Alors, lorsqu'il ferme les yeux, sa décision est prise.

19h21

Allongé sur le dos, les yeux perdus au plafond, il profite de ce moment de sérénité. Le premier depuis la disparition de Cornelia. Ne penser à rien d'autre qu'à l'instant présent lui fait un immense bien.

La tête blonde d'Irma repose sur son torse, ses longs doigts fins et parfaitement manucurés caressent paresseusement son ventre.

Pas de doute, le corps de la jeune femme est vraiment sublime. Mais il n'a rien de celui de sa tendre Cornelia. Les seins d'Irma sont trop petits à son goût, ses hanches trop étroites, ses cuisses trop fines. Certes, sa peau est douce mais il lui manque la blancheur de porcelaine que présente celle de sa fiancée. Et alors, que dire de ses cheveux ? Pas assez de volume, ça manque de vie, ils sont trop clairs.

Mais qu'est-ce qu'il me prend de comparer, maintenant ?

- T'as faim ? s'enquiert-elle en relevant le visage vers lui.

Ses yeux ont-ils toujours paru si ternes et délavés ? Décidément, elle perd tout de son charme.

Il secoue la tête en signe de négation, totalement englué dans ses pensées. Après un baiser sur son torse, elle bondit hors du lit sans même prendre la peine de se revêtir et quitte la chambre.

Une pensée le hante sans relâche depuis plusieurs minutes. Et si le DVD n'était pas une preuve, mais un montage ? Et si Cornelia était réellement en danger ?

Il se fait une promesse en dépit de ce qu'il vient de se produire avec Irma. Il se jure de la retrouver. Il se jure de découvrir la vérité, aussi douloureuse puisse-t-elle être. De la bouche de Cornelia et pas sur les images possiblement trafiquées d'un DVD envoyé anonymement.

Dans la pièce d'à côté, adossée au mur, Irma esquisse un large sourire satisfait.

École Senway – bâtiment administratif

Bureau du concierge

19h41

M. Aubrahn père nous jette un regard avant d'affirmer :

- Je répète une dernière fois, mieux vaut être sûr.

La soirée d'hier a été très mouvementée. Après une longue réflexion et d'un commun accord, Eli et moi avons décidé d'accepter l'aide d'Anthony et de son père. Et de mettre au point un plan qu'on espérait infaillible.

Voilà pourquoi nous nous trouvons dans son bureau, à répéter tous les points de notre plan d'évasion.

Le père d'Anthony est un homme très grand et très mince, près de la cinquantaine, de nature bourrue mais le cœur sur la main. Nous avons passé une demi-heure à lui expliquer notre situation et bien que son fils la lui ait déjà exposée, il a réclamé de l'entendre de nos bouches. Puis il nous a reproché de ne pas être venus plus tôt.

Me fixant sans ciller, il énumère les étapes du plan avec ses doigts :

- Mon fils fera diversion auprès des agents. Quand la voie sera libre, vous vous précipiterez vers le grand portail de sortie. Une fois que je vous verrai sur la caméra de surveillance, j'enclencherai l'ouverture de la grille. Il vous faudra être extrêmement prudents dehors, il fera nuit noire et vous serez en pleine nature. C'est dangereux. Fuyez toujours vers le nord-ouest, vous verrez un motel à une dizaine de kilomètres.

Il nous désigne deux sacs à dos posés à terre, que nous inspectons : lampes torche, trousse de secours, de la nourriture et de l'eau, une arme pour nous défendre... Je tremble d'excitation et d'appréhension mêlées, Eli me serre la main pour m'apporter son soutien. Peu importe les obstacles dehors, tant que je sors d'ici avec Eli !

Cependant, quelque chose dans ce plan me turlupine. Le risque est bien trop élevé...

- L'école saura forcément que c'est vous qui avez ouvert la porte, objecté-je.
- Très juste, concède-t-il sans aucune émotion. Ils peuvent bien venir me trouver, ces connards ! Je les attends.

Je suis absolument sidérée par sa véhémence. Non, pire. Sa haine. Bien que je la comprenne, je trouve toujours incroyable qu'il soit le seul membre du personnel à se rebiffer. J'ai envie de connaître son histoire, à lui et son fils. Si, comme l'a sous-entendu Anthony, tous les employés de l'école sont sous la menace, je trouve la bravoure des Aubrahn tout à fait admirable.

Anthony consulte l'heure, s'apprête à dire quelque chose mais je l'en empêche :

- M. Aubrahn, pourquoi ne vous enfuyez-vous pas ?
- J'ai bien essayé, ma p'tite dame, réplique-t-il en secouant la tête, le regard tout à coup voilé. *Nous* avons essayé. Il y a près de dix ans maintenant...
- Papa, on n'a pas le temps, le coupe Anthony, visiblement nerveux.
- Laisse, fiston. Ils ont le droit de savoir.

Le bureau est exigu et ne se prête pas vraiment aux confidences. Nous aurions certainement été mieux assis autour d'une table et avec un café mais nous n'avons pas tellement notre mot à dire. Anthony soupire, son père n'y prend pas garde et débute son récit :

« L'année scolaire 2004/2005 a été marquée par l'arrivée de M. Gresson dans l'école. Peut-être avez-vous entendu parler de la disparition d'Amanda Trent, cette jeune femme originaire de Greenville, dans le Maine. Vous vous demandez le rapport entre les deux et moi aussi, à l'époque. Par un malheureux concours de circonstances, ma femme et moi avons découvert cette jeune femme très mal en point dans les sous-sols. »

L'envie de crier un *Quoi ?* proprement choqué me saisit mais l'expression lointaine et douloureuse de M. Aubrahn me dissuade de toute réaction intempestive.

« En tant que concierge, je possède les clés de chaque porte de cette école. Quand on a déboulé dans la pièce, la pauvre petite était salement amochée. Attachée et baignant dans son sang. Alors, je l'ai détachée et j'ai ordonné à ma femme – elle était enseignante ici – d'aller chercher notre fils et nos affaires parce qu'on foutait le camp. La petite n'était même pas en état de marcher, elle était nue comme un ver et elle avait une jambe cassée. »

Il déglutit à ce souvenir terrifiant et sanglant, inspire un grand coup. Plus il nous en dévoile, plus mon cœur se serre d'angoisse à l'idée de ce qui a pu se passer et de ce que le pauvre homme a vécu. J'ai noté l'emploi du passé pour la victime et surtout, pour sa femme.

« Je l'ai soulevée dans mes bras, affolé. Je ne voulais qu'une chose : la sauver. Et pour ça, ma famille et moi, on devait fuir. Ma femme était partie en courant chercher notre fils mais... ça ne s'est pas passé comme prévu. Dans les couloirs du sous-sol, elle a croisé l'agresseur : Gresson lui-même. Il… il l'a tuée… à seulement quelques mètres de moi. »

Il marque une pause, submergé par l'émotion. Le souvenir a l'air plus vivace que jamais dans son esprit, sans doute est-ce la première fois qu'il a l'occasion de se confier à quelqu'un. Eli reste bouche bée, à la fois atterré et fasciné par les mots du concierge. Honteux, M. Aubrahn sèche les larmes qui baignent ses joues mangées d'une épaisse barbe et reprend son récit, la voix enrouée :

« Gresson n'a pas perdu de temps pour me retrouver avec la fille. J'avais pourtant essayé de me cacher. Mais rien n'y a fait. Il me l'a arrachée des bras, l'a étranglée et l'a jetée plus loin comme si elle n'était qu'une poupée. J'étais tellement choqué et terrifié que j'en étais paralysé, je n'ai même pas réussi à m'interposer. À cet instant-là, je n'avais pas peur pour ma vie mais pour celle de mon fils. Si on m'éliminait, que ferait-on de lui ? J'ai vu de quoi il est capable. Il était comme fou, il parlait tout seul. Alors, une force nouvelle m'a habité. Je me suis battu avec lui jusqu'au sang et j'ai négocié. Nos vies en échange de notre éternel silence en demeurant à leur service. »

Son regard se durcit, le froid m'envahit. Je ne sais pas si connaître l'histoire de M. Aubrahn était une bonne idée… Anthony, que la joie coutumière a quitté, crispe les poings et retient difficilement ses larmes. Eli aurait su dire si le jeune garçon est consumé de rage ou de chagrin ; je suis encore débutante en matière de décryptage de micro-expressions.

« J'ai découvert que le contrôle sur autrui est un pouvoir largement plus prisé que celui de vie ou de mort. Ils m'ont accordé une dernière faveur : celle d'enterrer ma femme près de moi. Quant à la fille, je n'ai jamais su ce qu'ils en ont fait. Dans l'attente de pouvoir exercer ma vengeance, j'ai servi de pantin. J'ai protégé mon fils. Aujourd'hui, l'attente est terminée. »

Un silence abasourdi accueille sa tirade. Je ne sais absolument pas comment réagir, je ne m'attendais pas du tout à pareilles confessions.

Les secondes s'étirent puis deviennent des minutes durant lesquelles nous tentons, tous, de retrouver nos moyens. Le concierge est le premier à reprendre et ses esprits et la parole :

- Si à vingt heures précises, vous n'êtes pas devant le portail, je considère que : ou bien vous vous êtes débinés, ou bien on vous a attrapés. Dans le premier cas, c'est votre problème ; dans le deuxième, ça peut devenir le mien et je ne prendrai pas le risque d'intervenir.
- C'est noté, M. Aubrahn, chuchoté-je. Je vous remercie… pour tout.

Je lui serre la main, convaincue que c'est la dernière fois que je vois cet homme, m'empare du sac à dos. Une fois qu'Eli a également récupéré le sien, nous sortons à la suite d'Anthony, totalement pantois.

École Senway

Cour de l'école

20h00

À l'instant même où nous arrivons devant le portail, je sais qu'il y a un problème. Une intuition brûlante, naissante et grandissante de seconde en seconde, au point de me couper le souffle. Tout s'est pourtant déroulé sans accroc, nous n'avons croisé aucun garde ni étudiant dans les couloirs. L'école paraissait même d'un calme surnaturel.

Eli et moi nous regardons un instant, mon cœur se met à battre la chamade de peur, d'angoisse, de mauvais pressentiments. Nous attendons un peu, le temps pour mon cerveau d'élaborer un plan B. Et si nous escaladions ledit portail ? Aussitôt la pensée formulée, je fais la moue. Impossible d'escalader ce grand machin d'au moins deux mètres cinquante de haut. Paniquée, je cherche une autre option alentour.

Mais que se passe-t-il ? Pourquoi M. Aubrahn ne nous ouvre-t-il pas cette foutue grille ?

Eli sent mon malaise et s'approche pour me prendre les mains, me serrer dans ses bras. Je m'abandonne à cette étreinte rassurante – peut-être la dernière –, à son odeur si douce et familière. La tête sur son épaule, je ne me sens pas en sécurité ailleurs ni avec quelqu'un d'autre.

M. Aubrahn a évoqué la possibilité que *nous* ayons un problème, pas que lui pourrait avoir des complications à accomplir sa mission.

Cette pensée me provoque un frisson désagréable dans tout le corps.

Un bruit sourd attire mon attention sur la droite, je crois apercevoir une ombre progresser vers nous. La peur me fige, glace mon sang dans mes veines. Si je ne discerne qu'une seule ombre, Eli en dénombre une bonne demi-douzaine. Nous sommes cernés. Nous ne le saurons que plus tard mais la diversion d'Anthony n'a pas eu l'effet escompté. Les agents, sans scrupules, l'ont éliminé dans les couloirs menant au bureau de son père, qu'ils ont assommé.

Que devons-nous faire ?

Eli prend violemment mon visage entre ses paumes et me vole un baiser désespéré. Nous avons échoué. Lamentablement. Et le cri retentissant derrière moi me le confirme :

- Ils sont là ! Emparez-vous d'eux !

Eli détache ses lèvres des miennes et, les yeux embués de larmes contenues, murmure :

- Je t'aime, Cornelia.

Je ne peux pas répondre à sa déclaration enflammée, pleine d'amour et de terreur mêlés. On me tire brutalement vers l'arrière en plaquant une main puissante sur ma bouche. Dans mon dos, un corps dur et musclé, silencieux et imprégné d'effluves de tabac froid. Je me débats avec l'énergie du désespoir et la panique rend mes gestes désordonnés, fébriles. Eli n'est plus dans mon champ de vision, l'épouvante me gagne à un degré inimaginable. Je veux hurler son nom mais les doigts fermement plaqués contre mes lèvres m'en empêchent.

Dans mon angoisse, je perçois un cri de douleur étouffé ; ils sont en train de frapper Eli ! Mon hurlement de rage reste coincé dans ma gorge, je redouble d'efforts pour me libérer de l'étreinte douloureuse. Rien n'y fait.

Je ne récolte que souffrance.

Et néant.

Lieu inconnu

Heure indéterminée

Cette mauvaise et foutue sensation d'avoir la tête dans un étau. Ce silence étrange et malaisant autour de moi. Et cette douleur insupportable dans chacun des muscles de mon corps, dans chacune de mes cellules. Combien de fois vais-je me réveiller dans cet état avant de me rendre compte que tout ceci n'est qu'un cauchemar ?

J'ouvre les yeux, je ne comprends pas tout de suite ce que je vois. Ma vision est floue et le manque de clarté ambiante n'aide pas à me renseigner sur la situation. Je patiente en clignant des paupières, le temps de m'habituer et de rendre ma vue plus nette.

À ma gauche, une lampe à huile posée sur un carton éclaire faiblement la pièce. Les murs sont peints d'un gris sale ; par endroits, la peinture s'écaille. Cette fois, pas de bureau ni de bibliothèques bien remplies. Simplement des cartons jonchant le sol poussiéreux. Au plafond, la moisissure se propage comme une traînée de poudre. On aperçoit des canalisations partout. Des taches d'humidité de-ci de-là.

Plus je découvre mon nouvel environnement, plus les mots de M. Aubrahn résonnent dans ma tête. Car tout porte à croire que je me trouve dans le sous-sol. L'idée gagne de plus en plus d'ampleur dans ma conviction. Et réveille toute ma frayeur.

Je veux me mettre à terre pour reposer mes jambes, j'échoue. Fronçant les sourcils, je lève le regard vers mes mains, attachées en hauteur. Oui, le constat est amer. Je suis une fois de plus ligotée. Mais cette fois, mes bras sont tirés à leur maximum, écartés et mes poignets enserrés dans des liens de cuir fixés à des chaînes dans le mur. Même scénario pour mes chevilles. Je suis obligée de tenir debout.

Merde.

Heureusement qu'ils n'ont pas poussé le vice jusqu'à me déshabiller...

Je cherche Eli. Peut-être l'a-t-on enfermé avec moi ?

Je le distingue sur ma droite, pareillement attaché. Sa tête penche dangereusement vers l'avant, du sang dégoulinant de ses lèvres et de son nez. Il ne bouge pas.

La panique me vrille les entrailles. Je hurle à m'en déchirer les cordes vocales.

-   Eli ! Eli, réveille-toi !

Le silence pour seule réponse. Se peut-il qu'il soit... ?

Non, non. Je refuse. Les larmes affluent sans que je puisse les contenir. Tout ça est de ma faute. Je n'aurais jamais dû lui demander de s'échapper avec moi. Même s'il était conscient des risques, je n'aurais jamais dû l'embarquer dans ma tentative d'évasion. Et maintenant ? Je ne vivrai certainement pas assez longtemps pour lui présenter mes excuses.

Ni pour lui dire que je l'aime...

J'ai si mal, je me sens si seule. Vais-je finir comme cette fille que M. Aubrahn a retrouvée il y a dix ans ?

Soudain, une porte claque violemment, me faisant sursauter et me sortant de mes songes. Ma respiration se coupe quand M. Sweets entre dans la pièce, le visage fermé et un pistolet à la main.

- Mademoiselle Pikes ! jette-t-il, les dents serrées. Vous m'avez contrarié, une fois de plus !
- Vous m'en voyez sincèrement désolée, ne puis-je m'empêcher de répliquer.

Un sourire mauvais se dessine sur son visage. Le pas léger, il s'avance vers moi, pointe son arme sur mon front – *Bon sang que le canon est froid !* – et murmure :

- Si j'étais vous, je ne ferais pas la maligne. C'est moi qui tiens l'arme et vous qui êtes ligotée.

Très juste. Je décide de ne pas empirer ma situation. Cependant, mon inquiétude pour Eli est bien trop grande pour que je garde bouche close.

- Est-ce que M. Spencer va bien ?
- Mais évidemment, rétorque-t-il en balayant ma question d'un geste de la main.

Cette simple réplique démontre que je l'ennuie et qu'à ses yeux, Eli n'est rien et ne mérite pas tant d'attention.

- Il est seulement inconscient, ajoute-t-il. D'ailleurs…

Il recule de quelques pas vers la gauche pour attraper un seau entre les piles de cartons. Il en balance le contenu – *a priori* rien d'alarmant : de l'eau – sur Eli qui ouvre instantanément les yeux en toussant.

- Eli ! crié-je.
- La ferme !

M. Sweets me gifle. Ma joue brûle de douleur ; vaincue, j'obéis à son ordre.

- Cornelia !
- Oh, mais la ferme, toi aussi !

Avec la crosse de son arme, le directeur le frappe. Eli pousse un gémissement de douleur.

- Vous m'exaspérez, tous les deux ! Si vous m'aviez écouté au lieu de batifoler, vous n'en seriez pas là !
- Mais que voulez-vous de moi, à la fin ? explosé-je.
- Que tu crèves, connasse !

Mon cœur rate un battement. De stupéfaction, d'incompréhension.

La voix qui vient de prononcer ces mots ne peut pas se trouver ici. Ça ne se peut pas. Mon cerveau cherche à imbriquer toutes les pièces du puzzle et je crois bien qu'il est en plein bug. Je ne comprends rien.

Peut-être ai-je imaginé ces quatre mots ?

Je n'ai pas entendu la porte ni la personne à qui appartient cette voix entrer. Sa silhouette se dessine dans le coin droit de la pièce, de plus en plus éclairée à chaque pas. Et je la reconnais.

Je fais un cauchemar, je ne vois que cette explication. Je fais un cauchemar et je vais me réveiller. Maintenant, ce serait bien !

Elle s'avance au centre, un sac bandoulière sur l'épaule. Partout où elle va, elle semble toujours apporter sa lumière. Mon pouls s'accélère.

- Irma ! lâché-je dans un souffle, abasourdie.
- En chair et en os, susurre-t-elle.
- Mais qu'est-ce que ça veut dire ?

Irma soupire, lève les yeux au ciel et daigne m'accorder une réponse :

- Je devais me débarrasser de toi. Tu étais toujours sur mon chemin !
- Sur ton chemin ? répété-je, perplexe. De quoi tu parles ?
- De David, bon sang ! concède-t-elle, excédée.

Mes yeux s'écarquillent. Je ne peux pas croire à ce qu'elle est en train de sous-entendre. C'est totalement absurde. Vient-elle de dire qu'elle veut m'éliminer pour me piquer David ? Non, une fois de plus, j'ai rêvé.

Je vais me réveiller.

- Explique-toi ! ordonné-je.

Elle se met à rire. Un rire de petite souris qui m'agace prodigieusement.

- Quelle importance ? Je suis quasiment arrivée à mes fins. J'ai David et tu es presque morte, assène-t-elle.
- Hé ! Ne lui faites pas de mal ! commande Eli dans un élan de bravoure.

Surprise d'avoir été interrompue, Irma se tourne vers lui et l'observe comme un chat regarde une pelote de laine. En quelques enjambées qui font claquer ses talons sur le sol en béton, elle le rejoint. Un immense sourire illumine son visage, elle saisit fermement entre ses doigts la mâchoire d'Eli.

- C'est donc toi, le fameux Eli Spencer ?

Évidemment, elle n'attend pas de réponse de sa part. Elle a l'air de très bien savoir qui il est. Elle approche ses lèvres pleines du visage d'Eli.

- Excellente performance, dit-elle tout bas tandis que M. Sweets se racle la gorge. Mais pour celle d'aujourd'hui, tu n'aurais jamais dû faire ça.

Le ton qu'elle emploie me fait froid dans le dos. Et ne présage rien de bon. Je commence à craindre sérieusement pour la vie de mon sauveur...

Brutalement, elle le lâche puis ordonne à M. Sweets :

- Allez me chercher John et David.

Le directeur acquiesce d'un signe de tête qu'elle ne voit pas, quitte la pièce. Vient-il d'obtempérer à un ordre ? Lui ? Décidément, tout m'échappe dans cette histoire. Si je dois mourir, je veux – et j'aurai – mes réponses.

- Alors, John fait partie du plan ? demande Eli, du dégoût dans la voix.

Elle ne répond pas tout de suite, l'étudie à la place. On aurait dit qu'elle était vraiment étonnée qu'il soit doué de parole, et perspicace par-dessus le marché. Elle hésite un instant et finit par cracher :

- Bien sûr ! Comment crois-tu que nous ayons appris votre plan d'évasion ? Et puis, si tu avais fait ton travail, nous n'aurions pas eu à recourir à ses services.
- Vous pensiez vraiment que j'aurais été capable de tuer Cornelia de sang-froid ? articule-t-il péniblement.

Elle se remet à rire, plus fort cette fois. Vous voyez le genre de femme ? Son rire colle parfaitement à sa personnalité que j'ai toujours su accepter : prétentieux et hautain.

- Les ordres sont les ordres pourtant. Mais c'était une énorme erreur de t'avoir choisi, il faut que je répare ça.

Un silence gênant nous enveloppe pendant qu'elle fait les cent pas. Elle semble impatiente, pressée. A-t-elle un train à prendre ?

Je la détaille, ma colère et ma haine grandissantes. Comment ai-je pu être amie avec cette femme sans voir le monstre qu'elle est ? Comment n'ai-je pas pu voir, deviner, les sentiments qu'elle nourrit pour mon fiancé ? Y a-t-il jamais répondu ?

Elle fait tache avec sa robe bleue et ses talons hauts dans cet endroit décrépi. Une prostituée de luxe dans les bas quartiers. Notre amitié a connu des hauts et des bas, nous n'étions pas toujours d'accord et d'autant plus sur notre rapport aux hommes, mais nous nous sommes toujours respectées. Appréciées. Nous avons su profiter des moments que nous passions ensemble et en compagnie de Will, Taranee et Hay Lin. Nous formions un groupe que je croyais uni et soudé pour la vie, une famille. Jamais je n'aurais cru l'une d'elles capable de me faire du mal.

Au bout d'une minute qui me paraît une éternité, elle pose son sac bandoulière au sol, défait la fermeture. Tout un arsenal d'instruments s'offre à ma vue. Poignards, ciseaux, scalpels, tournevis, marteau...

Je frissonne de terreur. Malgré mon appréhension, je rassemble tout mon courage pour poser la question qui me brûle les lèvres :

- Pourquoi ici, dans cette école ?

Elle tourne la tête vers moi, mécontente d'être interrompue, un scalpel dans la main droite. De la gauche, elle repousse ses cheveux blonds en arrière, comme elle le faisait toujours. Je connais toutes ses manies par cœur et je n'ai pourtant pas su déceler le moindre signe de son intérêt pour David. Qu'est-ce que ça dit de moi ?

- Disons que notre cher M. Sweets me devait une faveur, consent-elle à me révéler.
- Mais pourquoi ici et pas chez nous ? insisté-je encore. Tu aurais pu m'éliminer bien plus rapidement et sans perdre de temps avec toute cette mascarade !
- Ma chérie, soupire-t-elle en secouant la tête. Tu as beau avoir de gros nichons, tu n'as rien dans la tête. Ça me désole. Pour que David vienne vers moi, il fallait qu'il croie à votre rupture. Et donc t'éloigner. Il fallait que tu lui brises le cœur.

Sa main gauche illustre son propos, faisant mine de serrer un cœur imaginaire. C'est si machiavélique, si terrifiant que j'en ai le tournis. Puis, pour enfoncer le clou, elle lâche en toute désinvolture :

- Si tu avais vu sa tête quand il a découvert le DVD de ta nuit d'amour avec ce minable de Spencer !

Et elle rit, comme si elle venait de faire la blague du siècle.

L'air déserte mes poumons. Ai-je bien compris ce qu'elle vient de dire ? Comment une telle chose serait-elle possible ?

Devant mon expression interloquée, Irma a un sourire mauvais. Mais elle n'en dit pas plus et je n'ai pas le temps de lui demander davantage d'éclaircissements. Elle s'avance de nouveau vers Eli, prend le temps d'étudier son arme.

- Par quoi donc vais-je commencer ? Les bras ? (elle fait glisser le scalpel sur la peau du bras gauche) Ou bien... (elle descend la lame au niveau de l'entrejambe) le service trois-pièces ?

La panique m'envahit à ses propos. Elle va le torturer ! Je ne le permettrai pas, je dois l'en empêcher. La voix cassée, je la supplie :

- Irma, je t'en prie, ne lui fais pas de mal ! C'est après moi que tu en as, non ? Alors, prends-t'en à moi.

Elle suspend son geste, les sourcils froncés. Cette mine soucieuse est inédite chez elle. Un long silence passe avant qu'elle se décide à répondre :

- Ah, tu es tombée amoureuse, hein ?
- Épargne-le...
- Réponds ! hurle-t-elle, à bout de patience.

À quoi bon nier ?

Mais la vérité est là : je donnerais ma vie pour lui. Par amour, je lui ai demandé de me suivre hors de l'enfer. Je tombe amoureuse de lui à chaque fois qu'il sourit, qu'il prononce mon nom, qu'il plonge son regard vert dans le mien. Alors, si mon amour peut le sauver, je n'ai même pas à réfléchir. Je baisse la tête et murmure :

-   Oui.
-   Pardon ? Je n'ai pas entendu !
-   Oui ! Je l'aime, affirmé-je plus fort cette fois. Maintenant, laisse-le tranquille et mets fin à tout ça.

Je trouve Eli curieusement silencieux depuis quelques minutes. Préfère-t-il ne pas interférer ou est-il tout simplement évanoui ?

Le timing est presque parfait : M. Sweets revient accompagné de David et John. Les trois mousquetaires nous font face, le regard déterminé. Ils attendent que ma « chère amie » prenne la parole et donne ses ordres.

-   Changement de programme, clame-t-elle soudain.

Elle n'a pas reposé le scalpel à sa place, je n'aime pas ça. Lentement, elle s'est avancée vers le centre de la pièce d'où les trois hommes la dévorent des yeux et boivent ses mots. Aucun, cependant, n'est assez bête pour demander « quel changement ? »

-   M. Gresson, il me semble que vous ayez des comptes à régler avec chacune de ces charmantes personnes, dit-elle en nous désignant vaguement. Je vous laisse l'opportunité de choisir.

Le professeur écarquille les yeux de surprise et d'excitation mêlées. Il ne s'attendait certainement pas à une telle proposition. Aussi, il prend le temps de la réflexion. Ses yeux marron passent d'Eli à moi plusieurs fois, je connais déjà la réponse avant même qu'il la donne. Son regard se fixe sur moi et, enfin, déclare :

- Elle.

Je ne rate pas l'immense sourire sadique d'Irma à cet instant. Moi qui croyais Eli évanoui, il se manifeste avec véhémence :

- Touche à un seul de ses cheveux, et je te crève !

Les trois mousquetaires et leur reine se mettent à rire. Mon cœur tambourine dans ma poitrine tant la peur monte inexorablement en moi. Malgré ma promesse de ne plus jamais être faible, je sais qu'à partir de maintenant, je ne pourrai plus la tenir.

- Comme c'est touchant ! s'exclame-t-elle, ironique. Tu es aussi tombé amoureux, on dirait ?

Eli garde le silence, cette question se passe de réponse. Que sait-elle de l'amour de toute façon ? Elle qui n'a fait qu'offrir ses faveurs à tout Boston ? C'est pathétique.

À l'image d'une enfant faisant son caprice, Irma tape soudain du pied.

- Bon, je crois bien que ça suffit les conneries ! M. Gresson, emmenez-la dans l'une des pièces de votre choix, vous avez carte blanche pour tout. En attendant, je m'occupe de celui-là.

Elle pointe Eli du bout de son scalpel, il ne frémit même pas sous la menace. Dire qu'il est piégé par ma faute. Les larmes montent tout à coup à mes yeux.

J'ai échoué. Lamentablement. Je vais passer entre les mains de Gresson et Eli sous la lame d'Irma. Mon amour n'aura réussi qu'à nous condamner. J'aimerais tant lui dire que je suis désolée, que je l'aime. Que j'aurais voulu une plus belle fin pour notre histoire.

Mon regard se durcit. Non. Je ne vais pas pleurer devant eux. Je ne leur accorderai pas ce plaisir malsain.

Mon tourmenteur s'avance vers moi, je relève la tête. Il a un mouvement de recul. J'ai mis dans ce regard toute ma haine et ma colère. Ma façon de lui déclarer la guerre. Il est un instant désarçonné mais reprend ses esprits assez vite. Sans jeter un œil à son supérieur, il demande :

- Monsieur le Directeur, me prêteriez-vous votre arme pour assommer cette délicieuse captive ?

M. Sweets répond par le geste en lui tendant le pistolet. Je ne comprends pas ce qu'il a en tête au moment où Gresson le brandit. Et je n'ai pas le temps de ressentir la douleur quand la crosse frappe mon crâne déjà souffrant.

Tout devient noir.

Noir et silence.

12ᵉ jour

Dimanche 21 décembre 2014

Quelque part dans l'État du Maine

1h37

I n'a aucune idée de ce qu'il fait là. Mais peu importe, c'est ici que sa route le mène.

Ils se sont quittés vers 20h15 et une intuition aussi incompréhensible qu'irrésistible l'a décidé à la suivre.

Quelques minutes seulement après la promesse qu'il s'est faite de connaître la vérité de la bouche de sa fiancée, sa maîtresse a reçu un appel important, de toute évidence. Son comportement, jusque-là affectueux et tendre, a subi un changement radical qu'il ne comprend pas. Elle s'est montrée pressée qu'il s'en aille, comme si autre chose de beaucoup plus essentiel la préoccupait.

C'est à cet instant précis que son alarme mentale s'est déclenchée. Il doit savoir ce que c'est. C'est son instinct qui parle. Et son instinct l'a mené ici à cette heure si tardive.

Il l'a suivie pendant près de quatre longues heures. Quittant Boston, remontant vers le nord, traversant le Vermont puis une grande partie du Maine pour arriver à proximité de Bangor.

Quel est donc cet endroit ?

Il sort de sa voiture – une Toyota Camry d'un rouge criard – et se dégourdit un peu les jambes sans pour autant perdre sa cible de vue. Elle a l'air si sûre d'elle, n'a pas l'air nerveuse ou inquiète. Il en est certain : elle connaît l'endroit.

Irma s'empare d'un sac bandoulière sur le siège passager de son bolide, repousse une énième fois ses cheveux blonds en arrière.

Dans l'ombre, en retrait sur l'immense parking où quelques rares véhicules stationnent, il l'observe curieusement, intrigué. Que fait-elle donc ici au beau milieu de la nuit ?

Elle passe un appel de courte durée à partir de son smartphone, moins de dix secondes. Inquiet, il regarde alentour. Personne. Le temps est froid mais sec, il désespère de voir la neige tomber pour le réveillon de Noël. Et malgré les températures négatives, Irma se promène avec la même robe courte que tout à l'heure. Lui-même de nature frileuse, il porte au moins deux pulls et son gros anorak et pourtant, il grelotte. Comment fait-elle pour supporter de telles températures dans cette tenue ? Est-elle humaine ?

Il secoue la tête. Aucune importance.

Devant lui se dresse une énorme bâtisse, entourée d'autres tout aussi immenses, d'au moins une dizaine d'étages et digne des plus grandes institutions américaines. Il repère un panneau de la taille d'un écran géant. L'écriture, d'une calligraphie cursive, annonce « École Senway ». Il en a entendu parler. Beaucoup, à vrai dire. Elle n'est pas taxée d'université et pourtant, elle est classée bien au-dessus de Harvard. Tous les étudiants et les professeurs sont triés sur le volet, ils viennent du monde entier. Faire ses études supérieures à l'école Senway, c'est s'assurer un avenir radieux.

Seuls quelques lampadaires éclairent le parking et une partie des murs de l'établissement. Si un jour on lui avait dit qu'il verrait cette école de ses propres yeux...

Il fronce les sourcils. Que peut-elle bien faire sur le parking d'une école à plus d'une heure du matin pendant les vacances de Noël ? Ça n'a absolument aucun sens et ça ne lui dit rien qui vaille.

Enfin, elle se met en mouvement. Lentement, il la suit, écoutant toujours aveuglément son instinct. Il ne la quitte pas des yeux. Malgré ce qu'il a cru, elle ne prend pas l'entrée principale. Mais où diable va-t-elle ? C'est encore plus suspect. Elle poursuit son chemin sur la droite, sans se douter un instant qu'il la talonne. Ils longent le haut muret clôturant l'enceinte de l'école, Irma tourne à gauche.

Elle fait le tour.

Soudain, il stoppe ses pas. Son regard vient d'accrocher une forme noire droit devant lui. Un véhicule. Une camionnette noire, plus précisément. Son cœur s'arrête un instant de battre pour repartir dans un galop douloureux. Il s'approche. Pas de plaque d'immatriculation. Est-ce la camionnette qui a servi à l'enlèvement de Cornelia ? Non, bien sûr que non. La police la détient pour faire ses analyses. Mais il trouve la coïncidence vraiment énorme et interprète ça comme un signe. Il en est sûr : Cornelia est ici ! Peut-être Irma vient-elle la libérer ?

Il ne se pose pas davantage de questions. Il reprend sa route dans la direction qu'elle a empruntée. Arrivé à l'angle où il l'a perdue de vue, il s'immobilise. Irma n'est pas là.

Où est-elle passée ?

À pas lents, il s'avance, faisant glisser sa main gauche le long du muret étonnamment lisse pour se repérer. Quand ses doigts touchent du métal glacé, il se doute que c'est par ici qu'Irma s'est volatilisée. Il fait face au muret, s'attendant à y trouver une minuscule porte en métal basique mais ce qu'il a sous les yeux le laisse surpris. Une immense porte en fer forgé ! On aurait dit une deuxième entrée principale.

Curieux, il jette un œil au travers. Pas d'Irma mais un chemin qui descend en pente rude. Ça ne peut être qu'ici. Il exerce une pression sur la porte mais elle reste résolument close. Il soupire. Il aurait dû s'en douter. Aussi sûr qu'Irma ait franchi cette grille, lui, ne peut pas entrer.

Il lève la tête. Pourquoi pas l'escalader ? Il tente de caler ses pieds dans quelques interstices et aspérités de la grille. Ils glissent un peu mais l'ascension n'est pas impossible en elle-même.

Heureusement que je suis sportif.

D'une hauteur de près de trois mètres, il a moins de mal à atteindre le sommet qu'il l'avait craint. En redescendre est presque un jeu d'enfant.

Une fois de l'autre côté, il entreprend de suivre le chemin déclinant. La lumière, à son plus grand dam, se raréfie au fur et à mesure de sa progression. Machinalement, il sort son IPhone de sa poche et éclaire ses pieds. Au bout du chemin goudronné, une autre porte. Mais celle-ci a beaucoup moins d'allure que les entrées principales, elle ressemble à une porte de cellule pénitentiaire. De plus en plus louche... Mais il ne se décourage pas, bien au contraire. Prenant une grande inspiration, il pose la main sur la poignée gelée.

Que ferait-il si elle était fermée ? En dépit de ses doutes, elle s'ouvre sans résistance. Soulagé, il la franchit au ralenti.

Il pénètre dans un dédale de couloirs faiblement éclairés. Les couloirs du sous-sol de l'école. Pourquoi Irma vient-elle ici ? Comment savoir par quel couloir il doit poursuivre sa route ?

Son instinct a la réponse, une fois de plus. Il prend celui de gauche. Tout empeste le renfermé et le moisi. À quoi peut bien servir cet endroit ? Avec tant de surface, en outre...

Au bout du couloir, il est face à un carrefour. Gauche, encore. Qui s'avère un cul-de-sac. Il fait aussitôt demi-tour, va tout droit à l'intersection. Le nouveau couloir comporte d'innombrables portes. Et elles ont toutes le même aspect bien que chacune d'elles porte son propre écriteau. Sur la première à sa droite : « employés ». Puis, en face « Bureau du Directeur, M. Sweets ».

Il fronce les sourcils. Un bureau de la direction au sous-sol... Très bien... La porte suivante accentue son malaise. « Bureau du directeur-adjoint, M. Gresson ». Les quatre suivantes le laissent complètement ébaubi. « Salle d'examen n°1, n°2, n°3, n°4 ».

A-t-il basculé dans un monde parallèle ?

Prudemment, il s'avance vers la « salle d'examen n°4 », la plus au fond du couloir, située de face. Il tente de jeter un œil par le hublot. Il aperçoit une lumière douce, comme émanant d'une bougie, mais ne distingue rien d'autre. Personne. Et c'est à cet instant précis qu'il entend sa voix, anormalement dans les aigus.

- Bon, je crois bien que ça suffit les conneries ! M. Gresson, emmenez-la dans l'une des pièces de votre choix, vous avez carte blanche pour tout. En attendant, je m'occupe de celui-là.

Irma. Apparemment bien en colère. Quelques secondes passent avant qu'il perçoive un bruit sourd qu'il ne parvient pas à définir. La minute suivante, la porte s'ouvre vers l'extérieur, si bien qu'il faillit la prendre en pleine poire. En deux temps trois mouvements, il court se réfugier dans la « salle d'examen n°3 » à sa droite, le visage écrasé contre la vitre du hublot. La pièce où il vient d'entrer est plongée dans le noir ; la lumière du couloir suffit amplement.

Ce qu'il voit glace son sang dans ses veines, fait rater deux ou trois battements à son cœur, coupe son souffle. Là, à moins d'un mètre de lui. Cornelia. En chair et en os mais dans les pommes.

Deux hommes en costume, qu'il prend presque pour des croque-morts, la soulèvent. L'un par les bras, l'autre par les jambes. Le plus costaud des deux dit à l'autre en riant, surexcité :

- C'est votre jour de chance !
- Ferme-la et aide-moi à la mettre sur le fauteuil au lieu de dire n'importe quoi ! réplique le deuxième, agacé.

Il les observe plus attentivement. Celui qui tient les bras de Cornelia a une peau hâlée qui lui confère des airs de peuples latins, et une tignasse brune, bouclée et surtout, en bataille. David aurait parié son salaire qu'il n'est pas américain.

Après plusieurs secondes d'essais infructueux, les deux hommes parviennent à pénétrer dans la « salle d'examen n°2 », avec le corps de Cornelia. Reviennent le silence et la panique pour celui qui assiste, impuissant, à l'horreur de l'autre côté de sa porte.

Sous-sol de la prestigieuse École Senway

1h52

Ce minable de John ne se rend pas compte à quel point il a raison. C'est enfin son jour de chance !

Après tous ses efforts, ses échecs et aussi le coup de poing en pleine figure, il est récompensé.

Cette captive lui a donné bien du fil à retordre, et pour cause... Elle diffère des autres en tout point. Et les autres ont été si faciles à capturer, cacher, garder pour lui seul. Cornelia, il avait dû la partager. Encore maintenant, ça le met hors de lui. Elle aurait dû lui appartenir dès le début ! Au lieu de quoi, il a dû user de ruse pour l'amadouer, de prudence pour ne pas se faire démasquer, de patience pour être enfin exaucé. Rien de tout ça n'est dans ses habitudes, jouer ce rôle a souvent été difficile.

Gresson et John déshabillent fébrilement la jeune femme toujours inconsciente, l'installent sur le fauteuil. Un objet de luxe puisqu'il combine à la fois les étriers caractéristiques des fauteuils gynécologiques dits « classiques » mais aussi de longs accoudoirs. Ils attachent Cornelia fermement sur le siège.

Gresson recule de quelques pas, admire sa nouvelle victime. Elle est absolument magnifique. Il réprime l'envie de caresser ses jambes parfaites, écartées dans une invitation à rejoindre le paradis. Avec peine, il s'abstient de la prendre devant John car il connaît les pensées de l'agent depuis le premier jour.

Non. Il se fait la promesse de prendre son temps avec elle. Il veut profiter de chaque instant et précipiter les choses n'a jamais fait partie de son mode opératoire.

- Dis-moi, John, il me semble que Monsieur le Directeur t'a ordonné de les rejoindre.
- Je sais, répond-il, les yeux fixés sur elle. Mais j'aurais voulu l'autorisation de la...

Il s'approche de Cornelia, caresse sa poitrine offerte sans finir sa phrase. Le directeur-adjoint fronce les sourcils.

Enlève tes sales pattes !

Le message de l'agent est plus que clair et ça ne l'enchante pas du tout. Oh que non, il l'a assez partagée comme ça. Elle est à lui, maintenant. *À lui !*

Il durcit le ton.

- Justement, tu n'as pas cette autorisation. Ne la touche pas.

Les deux hommes s'affrontent un instant du regard. John, loin d'être impressionné, déclare :

- Ce n'est qu'une question de temps, Monsieur.

Il quitte la salle après un dernier coup d'œil à Cornelia. Gresson pousse un soupir de soulagement puis reporte son attention sur elle. Il tente d'apaiser les battements affolés de son cœur. Face à lui, se tient celle que lui a offerte Mademoiselle Irma. Bras et jambes écartés, elle ne porte que sa culotte ; le reste, maculé de sang, lui a été arraché. Il regarde ses longs cheveux bouclés épars sur le fauteuil blanc, sa tête penchée vers la gauche.

Prends-la.

Un filet de sang séché a coulé le long de sa joue depuis sa plaie à la tête.

A-t-il souvenir d'une victime plus belle ?

Elles l'ont toutes été.

Mais elle...

Il secoue la tête. Elle sera le plus beau de ses trophées. Après tout, il est né pour ça : provoquer d'éternelles souffrances.

Un sourire mauvais apparaît sur ses lèvres devant le travail à accomplir. Sur le grand établi à sa droite, il s'empare d'un linge blanc crasseux et d'un grand pichet d'eau. Il faut d'abord la réveiller. Méthodiquement, il place le linge sur le visage de sa prisonnière et y fait couler l'eau. Immédiatement, cette dernière se met à suffoquer, à boire la tasse, à tenter de se débattre.

Pauvre petite chose...

Après quelques secondes qu'il estime suffisantes, il cesse et repose les objets à leur place.

- Je n'attendais plus que toi, murmure-t-il en plantant son regard chocolat dans celui de la jeune femme.
- Ne me touchez pas ! hurle-t-elle pour toute réponse.

Il se met à rire. Il détourne la tête, retourne vers l'établi sur lequel il choisit un tournevis.

- Tu n'es toujours pas en position de me donner des ordres.

Doucement, dangereusement, il s'approche d'elle. Le tournevis dans la main gauche, il entreprend de caresser les jambes de

Cornelia de la droite. Sa peau se couvre de frissons, ses yeux s'embuent de larmes.

Oui, elle a compris.

Il se sent puissant, euphorique car elle a compris. Elle n'a aucune chance d'en réchapper. Aucune chance de l'amadouer pour le faire changer d'avis. Oh que non, pas après toutes ces épreuves pour l'avoir enfin.

Il compte jusqu'à trois mentalement, prend une courte inspiration et enfonce le tournevis dans la cuisse gauche de sa captive, sans préavis. Elle hurle de douleur. Un long cri terrifiant qui, malgré lui, provoque son érection. De l'autre côté du mur, il entend ce moins que rien de Spencer :

-   Cornelia !

Il n'en prend pas garde, la vue de la jeune femme en sang, se tordant de souffrance, l'électrise. Il fait quelques pas rapides jusqu'à son plan de travail, saisit un couteau bien aiguisé puis se replace face à elle. Fébrile, il défait la ceinture puis la fermeture éclair de son pantalon, qui glisse à ses chevilles.

-   Je vous en supplie, David...

Il se penche sur elle, presse volontairement son membre dressé entre les jambes de Cornelia. Elle se met à pleurer, de douleur, de terreur ; il n'en sait rien mais il adore ça. Mais à présent, il s'agirait d'avoir le silence. Il lui colle le couteau sous la gorge.

-   Un mot, un cri ou même un gémissement et je te tranche la carotide.

Elle déglutit péniblement. La pointe de la lame s'enfonce plus profondément de seconde en seconde.

- Est-ce compris ?

Elle acquiesce en silence. Un cri de détresse jaillit de l'autre « salle d'examen ». Encore ce Spencer. Il voit bien qu'elle se retient de hurler sa panique mais, forte et courageuse, elle grimace et sanglote sans bruit. Du sang coule de son cou, il se gronde intérieurement.

Elle tremble et plus le temps passe, plus il se félicite d'avoir tant attendu.

- Aujourd'hui, je vais enfin te faire mienne.

Il est surpris par la réaction de Cornelia. Elle ferme les yeux. Comme si elle était prête à recevoir son châtiment et que, pourtant, il lui était insoutenable de regarder son bourreau dans les yeux.

De sa main libre, il baisse son caleçon à mi-cuisses ; de l'autre, il tranche la culotte dont il se débarrasse aisément.

- Ouvre les yeux, ma belle, vois comme tu me rends fou...

Contrainte, humiliée, honteuse, elle obéit. Alors qu'il s'apprête à la pénétrer, il remarque que son regard ne se pose pas sur lui mais sur un point derrière son épaule. Quand il se retourne, il est déjà trop tard. Il n'a pas le temps de voir arriver le marteau ni celui qui a le courage de le mettre à terre.

- David ! Que... Comment as-tu su ?
- Longue histoire, je te raconterai.

**

En vitesse, il entreprend de défaire mes liens. Je tremble des pieds à la tête, mon cœur tambourine tant la peur – la terreur – et la douleur m'envahissent. Sans bouger, je considère avec appréhension le tournevis planté dans ma cuisse. David ne semble guère s'en soucier, le plus important étant de me libérer.

J'ai si honte. Je suis complètement nue devant lui, offerte. Et même s'il m'a vue un grand nombre de fois en tenue d'Ève, la pudeur m'empêche de croiser son regard.

Une rafale de questions se bouscule dans mon esprit mis à mal.

Comment a-t-il su où je me trouve ? Et surtout, comment s'est-il introduit ici sans se faire repérer ?

Que sait-il ?

Je suis interrompue dans mes pensées par un nouveau cri d'Eli dans la pièce d'à côté. Ma vue se brouille, le désespoir s'abat sur moi, chose que David ne décèle pas. Il décrète tout à coup :

-     Il faut qu'on se sauve d'ici !

Mais le dépit le gagne à son tour lorsqu'il aperçoit le tournevis dans ma cuisse. Nos regards se croisent enfin, nous nous comprenons immédiatement. Il sait ce qu'il lui reste à faire. Ça ne lui plaît pas – et à moi encore moins – mais il le fera. Doucement, il empoigne le manche, me demande :

-     Prête ?

J'acquiesce, tremblante, rassemblant ma force d'esprit, mon courage. Il compte jusqu'à trois, retire le tournevis d'un coup sec. Une nouvelle fois, je hurle de douleur. Un long cri incontrôlable tant la souffrance est une brûlure insoutenable. Le sang jaillit en flots continus, provoquant panique et gestes désordonnés chez David. Le mal paralyse toute ma jambe, m'extorque des râles d'agonie, des gémissements.

Comme si l'objet lui brûlait les doigts, il le jette à l'autre bout de la pièce, cherche un moyen d'endiguer tout ce sang. Au sol, mon pull qu'on a déchiré pour m'en débarrasser. David s'en saisit et en fait plusieurs lambeaux dont il se sert pour un bandage de fortune. Il ramasse mon jean, qui miraculeusement n'est pas en trop mauvais état, hésite.

- Je ne suis pas sûr que tu puisses le mettre vu ta jambe… Mais il faut que tu te couvres au maximum, il fait un froid de canard dehors.

Il ôte son anorak, un de ses deux pulls et me les tend. Après les avoir enfilés, mes tremblements s'atténuent mais ne s'arrêtent pas. Il faut à tout prix que j'essaie de rentrer dans mon jean.

Je cherche dans ma mémoire la dernière fois que David a été aux petits soins pour moi sans arrière-pensée. Mais je ne m'en souviens pas.

Je l'observe fouiller le corps inconscient de Gresson mais ne trouve rien d'intéressant. Il s'empare du couteau maculé de sang. Mon sang.

Sur l'établi, il trouve un Smith&Wesson chargé qu'il glisse dans la ceinture de son pantalon. Enfin, il se tourne vers moi et s'enquiert :

- Tu peux marcher ?

Je n'en suis pas sûre mais pour pouvoir enfiler mon jean et nous en aller, je vais bien devoir me forcer. Avec une grimace de douleur, je pose d'abord ma jambe droite pour m'aider à me mettre debout. Puis la gauche. Très mauvaise idée. Je lâche un cri mais tiens bon.

- Je dois enfiler mon jean, lui dis-je.

Sortir d'ici sans culotte m'est insupportable. Il acquiesce. Après quelques acrobaties, des larmes et des gémissements plaintifs que je réprime en me mordant les lèvres jusqu'au sang, je parviens à mes fins. Vêtue de la sorte, je me sens fin prête à affronter la difficulté qui m'attend.

Trop fière, je ne m'abaisse pas à lui demander de l'aide. Toutefois, il n'a pas besoin que je le formule pour le deviner. Il pose le couteau sur l'établi avant de me soulever dans ses bras. La douleur que ça m'occasionne est à deux doigts de me faire perdre connaissance. Je respire vite et fort pour reprendre mes esprits.

David récupère le couteau, me le confie puis j'entoure son cou de mes bras tremblants. Malgré la douleur, la fatigue, la terreur, je m'attendris.

Depuis quand n'ai-je pas été dans ses bras comme ça ?

Nos regards se croisent, nos visages se rapprochent, nos lèvres se frôlent puis se touchent et enfin se scellent. Un baiser timide et possessif à la fois, au goût de sang et pourtant si doux. Un baiser de premier rendez-vous. Un baiser d'adieu.

- J'ai eu si peur, chuchote-t-il contre ma joue droite. Tu m'as tellement manqué...

Il me serre plus fort, prend une grande inspiration et se décide enfin à quitter la pièce sans un regard pour mon bourreau à terre.

Lentement, sans un bruit, nous franchissons la porte pas à pas. Une fois dans le couloir sordide, nous nous arrêtons. S'élève de l'autre pièce la voix que je reconnaîtrai entre mille, cette voix qui m'a séduite et rassurée et qui, à présent, suscite des ondes de panique dans chaque parcelle de mon corps. Le cœur chamboulé, je chuchote à David :

- Il faut qu'on le sorte de là !
- Hors de question ! tonne-t-il. C'est pour toi que je suis venu, pas pour les autres. Et puis qui est-ce, d'abord ?

La meilleure option est de lui taire la vérité ; du moins, dans l'immédiat. Pour sauver Eli et pour que David ne l'abandonne pas à son sort. Alors je réponds sincèrement :

- C'est le seul qui a tenté de me faire échapper. On doit l'aider !
- Et comment veux-tu qu'on s'y prenne ? Tu ne peux même pas marcher ! objecte-t-il.

Le silence tombe comme une chape de plomb. Il me repose à terre, exhalant un soupir de mécontentement. Je me tiens sur ma jambe droite. Je vois bien que secourir Eli le contrarie au plus haut point. Pourtant, je sais qu'il le fera, par sens de l'honneur et certainement pour gagner des points précieux dans mon estime.

Il jette un œil à la porte de la salle, la pointe du doigt et murmure :

- Combien sont-ils là-dedans ?
- Quatre. Le directeur de l'école, le garde du corps, Eli et Irma.

Il ne bronche pas quand je dis ça. C'est vraiment étonnant. Je l'observe, plissant légèrement les yeux.

- Tu n'as pas l'air surpris quand je te dis qu'elle est là, objecté-je. C'est elle qui a orchestré tout ça.
- Parce que je l'ai suivie. Je t'expliquerai.

Il n'a déjà plus l'air de se soucier de la conversation, adopte un air réflexif. De mon côté, je suis carrément stupéfaite par ce qu'il vient de dire.

Il l'a suivie jusqu'ici ? Mais pourquoi ?

Il prend une courte inspiration et lance, ses prunelles plantées dans les miennes :

- Tu vas vers la sortie et tu m'y attends. Progresse le plus possible jusqu'à un portail où tu appelleras les secours. Garde le couteau au cas où.

Je recommence à trembler. Bien que je sache déjà la réponse, je demande :

- Et toi ?
- Je vais le libérer. C'est lequel des quatre ?
- Tu le sauras tout de suite.
- D'accord. Prends à gauche, puis à droite et ensuite c'est tout droit.

Je hoche la tête. Il fouille dans l'une des poches de son pantalon et en sort son IPhone qu'il me tend. Sans un mot de plus, je tourne les talons – réprimant avec peine mes gémissements de douleur – et m'apprête à entamer ma route.

- Attends !

Il se plante devant moi et me vole un second baiser. Un baiser de déjà-vu : rempli de peur, d'amour et… d'adieux. Comme celui d'Eli avant que nous soyons repérés.

David essaie-t-il de me faire comprendre qu'il craint pour sa vie, la mienne, la nôtre ?

- Sois prudente, souffle-t-il en détachant ses lèvres des miennes.

J'acquiesce une nouvelle fois, je me sens incapable de dire quoi que ce soit. Lentement, je reprends mon chemin, clopin-clopant. Après plusieurs pas hésitants, avec pour seul soutien le mur poussiéreux, je l'entends derrière moi :

- Je t'aime, Cornelia !

Je m'arrête brusquement. Mon cœur fait un bond dans ma poitrine mais je décide de ne pas lui répondre.

Une petite inspiration et je le laisse à sa tâche.

∗∗

Il la regarde s'éloigner jusqu'à ce qu'elle pivote à gauche, comme il le lui a indiqué. Il se concentre. Une phrase qu'elle a dite lui revient sans cesse en mémoire et le turlupine. « C'est elle qui a orchestré tout ça. » Mais que diable a-t-elle voulu dire par là ? À quel degré Irma est-elle impliquée dans tout ce merdier ?

Il se colle contre la porte de la « salle d'examen n°4 » et jette un œil par le hublot. Il le saura bien assez tôt. La lumière est faible, comme si une seule bougie éclairait la pièce entière.

Qui sont donc ces gens ? Pourquoi s'en prennent-ils à Cornelia ?

Un autre cri retentit à travers la porte. La panique s'infiltre en lui d'un seul coup. Il est seul contre trois types.

Mais je suis armé.

Il s'empare du Smith&Wesson à la ceinture de son pantalon et se sent soudain plus rassuré. Frustré de ne rien apercevoir à l'intérieur de la pièce, il se demande quand serait le bon moment d'intervenir. De toute façon, tout de suite ou plus tard…

Après des minutes interminables de tergiversations, il se décide à y aller. Il inspire et pose la main sur la poignée qu'il abaisse en douceur. À son grand soulagement, la porte s'ouvre sans efforts ni grincements. Ce qu'il voit l'immobilise. Il ne se serait jamais douté de qui se trouve là.

L'homme qu'on a attaché et qu'on torture n'est autre que celui du DVD. Le choc le paralyse et lui fait remettre tout en question.

Est-ce que ce type a forcé sa fiancée à coucher avec lui ou bien a-t-elle été consentante ? Dans un cas comme dans l'autre, il n'aimera pas la réponse. Sauf que… en y réfléchissant bien, si elle lui demande de le libérer, ce n'est certainement pas parce qu'il l'a violée…

Face au prisonnier, Irma tient un scalpel. Derrière elle, deux hommes en costume qui l'observent taillader la peau du captif. On aurait dit deux amateurs d'art en pleine contemplation d'une démonstration artistique.

Intrigué, en colère, il détaille celui qu'il est censé sortir de là. On l'a entièrement déshabillé, des lambeaux de vêtements ensanglantés gisent au sol. Les blessures s'étendent sur son torse, son ventre, ses jambes entières. Le sang dégoulinant des plaies de son visage tuméfié forme des petites flaques à ses pieds. Les coulures de sang font ressortir la blancheur de sa peau.

Horrifié, David finit par rompre le silence morbide.

- Irma ?

La jeune femme, si parfaite, si impeccable, se retourne vers lui sans cacher sa surprise. Aussitôt, l'un des deux hommes pointe son arme sur lui. D'un geste apaisant mais ô combien autoritaire, elle lui intime de ranger son pistolet. Puis reporte son attention sur l'importun.

- David ? Qu'est-ce que tu fais là ?
- Je t'ai suivie. Je peux savoir ce que tu trafiques ? Je peux savoir pourquoi ma fiancée était sur le point de se faire violer avec un tournevis dans la cuisse ?
- Fumier..., entend-il faiblement de la bouche du prisonnier.
- T'as un problème, toi ? explose-t-il.
- Je ne parle pas de toi, répond Eli d'une voix à peine audible et entrecoupée d'inspirations difficiles.

David plisse les yeux pour comprendre le sentiment qu'il a cru discerner dans les propos d'Eli. Il n'aime pas ça. Mais alors pas du tout.

- Tu me dois des explications ! vocifère-t-il à l'adresse d'Irma.

Cette dernière délaisse sa besogne et s'approche de lui.

- Mon chéri, tu es loin d'imaginer ce qui est en train de se passer.
- Mais je t'en prie, Irma, éclaire donc ma lanterne.

Ce qu'elle n'a absolument pas l'intention de faire. Au lieu de quoi, elle l'embrasse. Presque immédiatement, elle retire ses lèvres et murmure comme pour elle-même :

- Tu l'as embrassée...

David ne comprend pas pourquoi l'un des deux hommes choisit précisément ce moment pour tousser avant de demander, visiblement contrarié par la tournure des événements :

- Je peux savoir ce que cet homme fait ici ? Pourquoi a-t-il pu vous suivre, Mademoiselle Irma ? C'est tout notre travail qui est en danger à cause de vous !

Les traits du visage pourtant si grâcieux de la jeune femme se crispent en une grimace de colère. Elle glisse sa main sous sa robe, au niveau de sa cuisse droite, et, en rien de temps, un Glock apparaît au creux de sa paume. Décidée, elle le pointe sur le directeur, lequel ordonne à son garde du corps :

- John, allez voir ce qui se passe là-bas.
- Oh non, je ne crois pas !

David, à son tour, braque son arme sur John, qui se fige instantanément.

- Personne ne sortira d'ici tant que je ne connaîtrai pas la vérité !

**

J'avance vers l'issue qui, selon David, me mènera à la sortie. Ma jambe me fait atrocement souffrir, la douleur se répand jusque dans mes reins. Malgré mon handicap, je parviens à mon objectif. Tout ici a l'air et l'aspect d'une prison. J'ai du mal à ouvrir la porte mais une fois dehors, l'air glacial de la nuit me fait un bien fou. Je suis face à une pente qu'il me faudra gravir. Ma respiration courte et saccadée témoigne déjà du mal que j'ai à progresser. Cependant, je ne faiblis pas.

Le passage n'étant pas éclairé, quoique faiblement, je m'empare de l'IPhone de David, garde le couteau dans ma main gauche. La lumière bleutée du smartphone me permet d'avancer, en claudiquant, certes, mais tout de même. Après quelques minutes, j'en suis à la moitié quand l'IPhone vibre dans ma main. Le réseau est miraculeusement revenu. Curieuse, je jette un œil. Expéditeur : **détective Mars.**

Message : **La personne qui a souscrit au contrat de location de la camionnette a été identifiée. Irma Lair. Je crains qu'elle veuille vous faire porter le chapeau. Rappelez-moi.**

Le choc me paralyse. Irma a donc tout planifié, de A à Z. L'enlèvement n'est qu'un coup monté pour me séparer de David. Elle n'a certainement pas prévu qu'Eli et moi tomberions amoureux. Ni que David la suivrait.

Je relis le message.

Détective Mars ?

David a-t-il engagé un détective privé comme le porte à croire le message ? Mon cœur se gonfle de gratitude à cette pensée, et d'espoir. Ça me donne la force nécessaire pour atteindre le restant du chemin jusqu'au portail dont David m'a parlé. Lentement mais sûrement, je l'atteins. De l'autre côté de ce dernier, un immense parking moyennement éclairé où quelques rares véhicules sont stationnés. Je pose la main sur la poignée mais le portail reste vaillamment fermé.

Je n'ai décidément pas de chance avec les portes.

Les larmes embuent soudain mes yeux. Je ne peux pas croire que j'ai fait tout ce chemin pour ça. Je sais que David ne va pas tarder à me rejoindre avec Eli et, pourtant, ce portail fermé anéantit tous mes espoirs et ma bravoure. C'est la goutte de trop.

Ma jambe est si douloureuse. La main gauche qui tient le couteau agrippe les barreaux du portail tandis que je cherche âme qui vive sur le parking désespérément désert, silencieux, glacial.

De mon autre main, je compose le 911. Mes doigts sont gourds, je dois m'y reprendre à plusieurs fois. On décroche :

- *911, quelle est votre urgence ?*
- Je vous en supplie, aidez-moi ! Je suis Cornelia Pikes, j'ai été enlevée il y a plus de dix jours, ils veulent me tuer ! Je suis retenue à l'École Senway, envoyez-moi de l'aide !

Les larmes dévalent librement mes joues à présent, traçant leurs sillons désespérés. Mon interlocutrice me pose un tas de questions pour mieux comprendre la situation et pouvoir me localiser au plus vite. Elle tente aussi de me rassurer, de me calmer.

- *Les secours vont arriver, Cornelia. Restez en ligne avec moi jusqu'à leur venue.*

Sans bruit, j'acquiesce en hochant la tête puis pose mon front contre un barreau froid de la porte. J'expire un bon coup, soulagée.

Je ne sens pas la présence malsaine derrière moi. Je ne vois pas venir le coup qui me fait perdre connaissance. Je m'effondre et c'est le néant.

Encore une fois.

**

John louche sur le canon de l'arme face à lui. Mais n'esquisse pas le moindre geste.

- Oui est Cornelia ? s'enquiert-il.
- En sécurité, réplique David.

Irma part d'un rire franc puis glisse le Glock dans son étui.

- Ça m'étonnerait, lâche-t-elle, un sourire en coin. Cet endroit grouille de personnes qui cherchent à l'attraper pour gagner le pactole.
- Quoi ? éructe-t-il.
- Tu as très bien compris.

Elle balaie ses cheveux vers l'arrière, semble en extase et savourer ce moment. Volontairement, elle n'en dit pas plus, le laisse mariner.

- Pourquoi tout ça ?
- Je devais te séparer d'elle. Elle ne te mérite pas ! C'est moi qu'il te faut. C'est moi la femme de ta vie.

Cette affirmation le laisse abasourdi deux ou trois secondes puis il éclate de rire.

- Mais t'es complètement malade, ma pauvre ! Toi, la femme de ma vie ? Qu'est-ce qu'il ne faut pas entendre ! Ç'a toujours été Cornelia.

- Ce n'est pas ce que tu disais il y a quelques heures dans mon lit, objecte-t-elle avec un sourire mauvais, puis après un silence : Cela dit, aurais-tu la gentillesse de répéter ce que tu viens de dire à l'amant de ta « fiancée » ?

Il n'aime pas du tout le ton qu'elle emploie. Comme d'habitude, en somme. Mais ce qu'elle sous-entend le rend malade. Du bout de son scalpel maculé de sang, elle désigne l'homme qui suscite chez David un torrent de sentiments contradictoires.

Les informations qu'il reçoit en masse ces dernières minutes le perdent. Il n'arrive pas à démêler le vrai du faux, les motivations de chacun pour les combiner à ce que vient de vivre Cornelia. On la retient captive ici, d'accord. Visiblement, on emprisonne également cet homme. Mais quel est son rôle dans toute cette histoire ?

« C'est le seul qui a tenté de me faire échapper. »

Doit-il l'aider ou l'abandonner ici ?

- Alors, reprend-elle, tu n'as pas envie de l'achever avec nous ?

Elle propose ça comme elle aurait proposé de partager un repas entre amis.

- Certainement pas, s'écrie-t-il. Si je dois lui faire la peau, je veux qu'on soit d'égal à égal.
- M. Sweets, détachez M. Spencer.
- Pardon ? répond le directeur.

Après un regard bien appuyé de la jeune femme, il ne se fait pas prier et obéit. Sans douceur aucune, il commence par lui libérer les chevilles puis les poignets. Eli, sans forces, tombe à genoux, en silence.

- Parfait, chuchote Irma, satisfaite. Tu peux lui faire sa fête, maintenant.
- Non, Irma, ça ne marche pas comme ça.
- Mais enfin, David... qu'est-ce qui te fait hésiter ?

Elle s'approche dangereusement de lui avec son scalpel. Il a un infime mouvement de recul mais elle le perçoit et son expression change.

- Tu as pourtant vu le DVD, non ? Tu as bien regardé le plaisir qu'elle a pris entre ses bras ? La manière qu'il avait de s'agripper à ses hanches pendant qu'il la prenait comme une chienne ?

David marque un temps d'arrêt, abaisse son arme. Son bras commençait à faiblir et trembler de toute façon.

Les images qu'elle évoque lui reviennent en pleine figure et lui tordent le ventre. Bien sûr qu'il les a vues, elles ne quittent plus son esprit depuis. De mémoire, il n'avait jamais vu Cornelia si passionnée, si investie, si émoustillée. D'y repenser, la douleur et la colère le harcèlent de plus belle. Et puis, une réflexion le stoppe net dans ses tergiversations. Comment Irma est au courant de ce DVD ?

Les pièces du puzzle s'imbriquent, petit à petit. Elle l'a piégé ! Et il est ridiculement tombé dans le panneau.

- C'est toi qui m'as envoyé ce DVD ? finit-il par demander, la voix enrouée.
- Quelle perspicacité, mon chéri ! s'exclame-t-elle, faussement enjouée.
- Vous nous avez filmés ?

La petite voix faible d'Eli interrompt les pensées venimeuses de David. Il a encore une multitude de questions à poser à Irma mais elle semble mettre tout en œuvre pour les éviter.

Et tout à coup, c'est le branle-bas de combat. Les événements s'enchaînent sans qu'il comprenne ce qui se passe. Des agents fédéraux par dizaines – armés jusqu'aux dents et vêtus de gilets pare-balles – investissent la « salle d'examen n°4 ». On le désarme brusquement, de même que John et Irma.

Plus loin dans les couloirs, de puissants « RAS ! » retentissent les uns après les autres. On prend en charge un Eli mal en point, on menotte les autres et David y compris. Le dénommé M. Sweets hurle à « l'erreur policière », David n'a que Cornelia à l'esprit.

- Où est Cornelia ? Est-ce qu'elle est saine et sauve ?

Mais on ne daigne pas lui répondre, on ne l'écoute même pas. Il crie plus fort, réitère ses questions encore et encore jusqu'à ce que l'un des agents – un rouquin de grande taille et d'une cinquantaine d'années – lui réponde de sa voix grave et terriblement lente :

- On l'emmène à l'hôpital, monsieur. Ne vous inquiétez plus. C'est terminé.

Il aurait dû se sentir rassuré mais l'agent n'a pas su réprimer une grimace gênée. Son instinct, une fois de plus, le met en garde et le convainc qu'autre chose de plus grave est arrivé.

Le Lendemain

Lundi 22 décembre 2014

Bangor, État du Maine

St Joseph Hospital

Service Traumatologie – Chambre 732

7h27

I nquiet, il regarde sa bien-aimée à travers la vitre de la chambre d'hôpital. Allongée sur son lit, elle semble plus vulnérable que jamais.

Elle est toujours inconsciente.

Qu'a-t-il bien pu se passer une fois qu'il l'a laissée ? Il l'a crue en sécurité. Il n'aurait jamais pensé qu'Irma avait raison en affirmant que « cet endroit grouille de personnes qui cherchent à l'attraper pour gagner le pactole. »

Les médecins refusent de lui parler, refusent de le laisser approcher. Il campe devant cette vitre depuis des heures dans l'espoir de la voir se réveiller. Il veut être sûr que son pronostic vital n'est pas engagé, que ses jours ne sont pas en danger. Mais il veut aussi des réponses.

Les médecins vont et viennent sans cesse entre la chambre de Cornelia et celle du torturé. Il ne comprend pas comment le FBI a pu intervenir. Comment ont-ils su ?

- Monsieur McFlint ?

Il se retourne et tombe nez à nez avec une très belle femme en blouse blanche. La quarantaine à peine visible, une chevelure blonde ondulant sur ses épaules, des yeux verts et un sourire à tomber. David apprécie d'emblée cette femme.

Un bloc-notes dans la main gauche, elle tend la droite pour serrer vigoureusement celle de David.

- Je suis le Docteur Camille Duquesne, c'est moi qui ai la charge de Mlle Pikes.

Il hoche la tête, l'invitant à poursuivre. Dans l'expectative, il plonge son regard dans les prunelles vertes de la doctoresse. Elle garde farouchement le silence, gênée.

- Dites-moi comment elle va, je vous en prie. Personne ne veut me dire ce qui lui est arrivé.
- Nous attendions les résultats, Monsieur McFlint. Votre fiancée a subi de nombreux traumatismes.
- S'il vous plaît, donnez-moi des détails. Sans mots techniques, allez au plus simple et ne cherchez pas à me ménager.

Dr Duquesne retient sa respiration, semble peser le pour et le contre d'exaucer son souhait. Elle jette un œil ailleurs, incertaine, puis finit par se lancer :

- Il lui faudra des semaines, voire des mois de convalescence. On l'a frappée plusieurs fois au visage à mains nues et avec un objet contondant. Elle a de multiples fractures : on lui a cassé le bras droit, les chevilles, la mâchoire. Elle présente une plaie profonde dans la cuisse gauche qui, heureusement, n'a pas atteint l'artère fémorale. On l'a étranglée, elle présente des hématomes caractéristiques sur le cou, les bras et le ventre.

Elle marque un temps d'arrêt, ennuyée, cherche ses mots. David retient son souffle, il estime que les tortures qu'a subies Cornelia sont déjà bien assez. Vu la mine sinistre de la doctoresse, il s'attend au pire. Et il a raison.

- J'ai remarqué de multiples lésions vaginales. On... on l'a violée.

C'est le coup de grâce pour lui. Il tombe à genoux, les larmes qu'il réprimait jusqu'à présent ruissellent sur ses joues.

Comment a-t-on pu lui faire subir pareille souffrance ? Elle, la gentillesse incarnée ! Comment a-t-elle survécu ?

Le docteur Duquesne s'agenouille à son côté, pose une main qu'elle veut rassurante sur son épaule. Elle tente de l'apaiser mais rien n'effacera sa colère grondante, son impuissance et la souffrance de sa fiancée.

- Qui lui a fait ça ? questionne-t-il soudain, d'une voix d'outre-tombe.
- Nous ne savons pas encore. J'ai envoyé les prélèvements au labo.

Il ne répond pas immédiatement. Rumine les paroles de la doctoresse. Un poids énorme pèse soudain sur ses épaules, il se sent démuni et envahi par la peur.

- Elle va s'en sortir ?
- Le pronostic vital n'est plus engagé, assure-t-elle. Son état est stable mais il reste critique.

Il hoche la tête, à demi-rassuré. Ses jours ne sont plus en danger, certes, mais le chemin vers la guérison sera très long et périlleux. Cornelia a besoin de lui plus que jamais.

- Est-ce que je peux la voir maintenant ?

Dr Duquesne accepte, avec quelques recommandations néanmoins. Le cœur lourd, il se remet sur pied et, tel un automate, parcourt les quelques mètres qui le séparent de l'entrée de la chambre.

La voir d'aussi près, dans cet état, lui brise le cœur. Comment supporter de la regarder sans ressentir cette terrible culpabilité ?

Il prend place sur le fauteuil réservé aux visiteurs et, après un soupir, se saisit de la main gauche de Cornelia. Toutes les émotions éclatent, il pleure tout son soûl.

- Je suis désolé, mon amour, tellement désolé... Tout est de ma faute ! Si j'avais su prendre soin de toi comme il le fallait... Mais crois-moi, ils vont payer. Et tu vas t'en sortir, coûte que coûte. On va reprendre une vie normale, on va se marier comme prévu et je te rendrai heureuse. Je te le promets, mon amour.

Il embrasse la main de la jeune femme. Et remarque qu'elle n'a plus sa bague de fiançailles. Il fronce les sourcils, intrigué.

L'aurait-elle perdue ? La lui a-t-on volée ?

Il ressort dans le couloir mais le docteur Duquesne a disparu.

- Peut-on t'aider ?

Il tourne la tête dans la direction de cette voix qu'il reconnaît sans mal. Trois femmes lui font face, aussi différentes physiquement que dans leur caractère. Son regard s'arrête sur celle qui a posé la question : Will. Plutôt petite et menue, elle arbore un carré plongeant de cheveux rouge flamboyant et de grands yeux bruns. À son côté, Taranee. Afro-américaine, sportive, ses cheveux couleur d'ébène sont coupés court et tout le monde se perd dans la profondeur de ses yeux marron. Enfin, tout à droite, Hay Lin. Si elle paraît la plus timide, elle est pourtant la plus diplomate des cinq et la plus guillerette. D'origine chinoise, elle tresse ses longs cheveux noirs qui lui arrivent jusqu'aux fesses. C'est elle qui prend la parole :

- Nous avons su pour Cornelia, nous sommes venues immédiatement.

David, qui est pourtant content de ne pas être seul dans ce moment, sort de ses gonds.

- Et où étiez-vous quand elle a disparu ? Personne ne m'a aidé quand il le fallait. Maintenant qu'on l'a retrouvée dans cet état, vous rappliquez ?

Ses traits et son ton se sont durcis sans qu'il le veuille, mettant les jeunes femmes dans l'embarras. Mais Taranee, d'ordinaire si taciturne, ne l'entend pas de cette oreille :

- À ce que je sache, nous ne sommes pas les responsables de ce qui lui est arrivé ! Alors, tu vas baisser d'un ton et tout de suite.

David ne répond pas. Il a toujours trouvé Taranee gentille, avare de mots inutiles, forte tête mais dotée d'un grand cœur. Elle a raison sur toute la ligne.

Il fond en larmes. Immédiatement, Will s'approche de lui et le prend dans ses bras pour l'apaiser.

- Dis-nous ce qu'on peut faire ? propose-t-elle de sa voix douce.
- Je… je ne comprends pas, pleurniche-t-il. Elle ne porte plus sa bague.
- Tu as demandé aux infirmiers ? intervient Hay Lin.
- Je voulais en parler avec le médecin qui s'occupe d'elle mais elle n'est plus là. Je m'en occuperai plus tard. Venez voir Cornelia. Je pense que sentir vos présences à ses côtés lui fera du bien.

Il les précède dans la chambre de sa fiancée. À la vue du corps de son amie étendu sur le lit, Will s'effondre. Aussitôt soutenue par les deux autres. Elles n'étaient clairement pas prêtes à ça.

- Mais qui a pu lui faire une chose pareille ? sanglote Will.
- Dis-nous ce qui s'est passé, lui intime Taranee.

David se sent incapable de leur dire la vérité – une partie, du moins, car il n'a toujours pas toutes les réponses. Alors, il lâche dans un souffle :

- Vous n'avez qu'à demander à Irma !
- À Irma ? répète Hay Lin, abasourdie. Mais elle est injoignable depuis samedi soir ! Tu n'es pas en train de nous dire qu'il lui est arrivé quelque chose ?

David soupire, secoue la tête.

Bordel de merde, elles ne se doutent de rien.

- J'ai une très mauvaise nouvelle, les filles, murmure-t-il, conscient que ce qu'il va révéler suscitera un choc chez les jeunes femmes. Votre « amie » n'est pas du tout celle que vous croyez.

- Qu'est-ce que tu veux dire ? questionne Taranee en relevant la tête, perplexe.
- C'est elle qui a commandité tout ça, lâche-t-il en faisant un large geste vers Cornelia.
- Quoi ? laissent-elles échapper à l'unisson.

Brisé, il leur raconte tout. N'omet aucun détail. Les avances d'Irma auxquelles il a fini par céder, ses recherches en collaboration avec le détective Mars, son escapade nocturne pour suivre Irma, les révélations. Et enfin le FBI.

Un silence étrange, à couper au couteau, plane. Les trois amies de Cornelia jettent des regards hagards sur le lit et sur David, tour à tour. Si Hay Lin paraît triste et Will en profonde réflexion, Taranee crache sa colère :

- Je ne te crois pas.
- Tu me traites de menteur ? Tu crois que je suis en train de plaisanter ?
- Irma est incapable de faire ça, assure Will.
- Will, j'y étais ! J'ai tout vu, c'est moi qui ai sorti Cornelia de là. Irma a torturé un type sous mes yeux, aussi.

Tandis que Will et Taranee le poussent dans ses retranchements, Hay Lin prend place sur le fauteuil et s'empare de la main de Cornelia. Puis elle déclare :

- Il dit vrai.
- Comment ça « il dit vrai » ? répète Taranee.
- Enfin, Tara, ayons un peu de jugeote deux minutes ! Quel intérêt a-t-il d'inventer tout ça ? En sachant qu'Irma était la seule d'entre nous à ne pas avoir cru au kidnapping ; elle

était la seule à ne pas s'impliquer dans des recherches. Il suffit d'additionner deux et deux et on sait qu'il dit la vérité.

Les trois amies baissent la tête, honteuses, tristes et en colère. L'une d'entre elles a brisé le pacte d'amitié. Pour perpétrer le pire. L'émotion les étreint, elles se mettent à pleurer en silence, hantées par les images de ce qu'a pu endurer Cornelia.

Boston, État du Massachusetts

Locaux du FBI

Center Plaza, 1

Interrogatoire de Hadrien Sweets

L'agent spécial Horatio Kent pénètre dans la salle d'interrogatoire, une pile de dossiers sous le bras. La porte claque derrière lui, il ne lève même pas les yeux sur l'homme assis, sur le qui-vive. Il laisse tomber les dossiers sur la table dans un grand fracas, faisant sursauter l'homme, qui demande aussitôt :

- Pourquoi suis-je ici ?

Horatio n'en est pas à son premier interrogatoire. Loin de là. Il sait comment s'y prendre avec ceux qui se croient tout permis. Il répond de sa voix lente et grave :

- Ici, nous ne sommes pas dans votre école, M. Sweets. C'est moi qui pose les questions.

- Bien, je suis tout ouï, réplique-t-il plein d'arrogance.

L'agent spécial lui ordonne de décliner son identité, son domicile, sa fonction, sa situation personnelle. De mauvaise grâce, M. Sweets s'exécute et attend qu'on lui pose enfin les questions.

Horatio ne s'assied même pas. Pour mieux dominer la personne face à lui. Il ouvre l'un des dossiers, en extrait un cliché et le fait glisser jusqu'au directeur. Lequel se penche pour l'observer attentivement. On y voit Cornelia, allongée sur un lit médicalisé, le bras droit en plâtre, le visage contusionné et marqué d'une multitude de plaies. Il fait preuve d'un calme olympien, ses traits ne bougent pas d'un nanomètre.

- Reconnaissez-vous cette jeune femme ?
- Non. Je devrais ?
- Nous l'avons retrouvée dans votre établissement, M. Sweets. Inconsciente et dans un état critique. Nous avons surpris l'un de vos employés qui l'agressait.
- Je n'ai pas compris votre question, agent Kent.

Horatio inspire longuement. Il pose ses mains à plat, prenant appui sur la table, afin de se pencher vers le directeur.

- De nombreux témoins, professeurs et étudiants, ont affirmé que vous reteniez Cornelia Pikes dans votre établissement. Certains sont allés jusqu'à dire qu'elle y subissait quotidiennement des sévices. Ma question est donc la suivante : niez-vous toujours la connaître ?

Silence. Horatio décèle une faiblesse dans l'armure de M. Sweets mais au lieu d'attaquer avec d'autres questions, il attend patiemment.

- Non, je ne nie pas, souffle-t-il enfin.
- Bien, M. Sweets. Nous pourrons peut-être nous entendre. Pourquoi la reteniez-vous ?
- ...
- Dois-je vous rappeler qu'il est dans votre intérêt de parler ? Nous détenons Mlle Lair dans une autre salle et elle ne manquera pas de nous apporter les réponses attendues.
- C'était un contrat, lâche-t-il du bout des lèvres, soudain transpiré.
- Mais encore ? le presse Horatio.

Le directeur soupire, vaincu. Il se mord la lèvre, se gratte nerveusement la joue, desserre sa cravate. Puis se lance :

« J'ai rencontré Irma il y a environ cinq ans. Elle a effectué une année universitaire supplémentaire dans mon école afin de parfaire ses connaissances. Elle était la plus âgée des étudiants et, de ce fait, nous sommes devenus de très bonnes connaissances. Elle a apporté un prestige plus que bienvenu dans l'école et je lui ai affirmé qu'elle pourrait, à l'avenir, me demander ce qu'elle voulait. »

Le timbre du directeur ne défaille pas, les mots sortent les uns après les autres avec une aisance déconcertante. Toutefois, son regard, loin d'être vif, se perd dans le vague.

« En septembre dernier, elle est venue me rendre visite. Et m'a demandé un service pour le moins... surprenant. Elle a eu une idée folle : et si on torturait Mlle Pikes en la forçant à assister à nos cours ? Pas seulement moralement mais aussi physiquement ! J'ai protesté, c'était bien trop risqué ; et même si l'envie de céder à tous ses désirs était là, ce qu'elle suggérait me remplissait d'horreur.

- Pourtant, vous avez fini par accepter, l'interrompt Horatio.

- Oui. Elle... sait se montrer persuasive. Et son idée m'a tout doucement convaincu. Je l'ai vu comme un défi à relever. J'ai briefé mon équipe et leur ai ordonné de jouer le jeu. Il m'aura fallu plus de deux mois pour tout mettre en place.

Le directeur se tait, conscient d'en avoir trop dit. Mais il risque gros et si les fédéraux comprennent qu'il n'a jamais été la tête pensante de toute cette histoire, il pourrait peut-être s'en tirer à bon compte. Patiemment, il attend les questions suivantes.

- C'est en les soudoyant que vous avez convaincu votre personnel de « jouer le jeu » ?
- Oui, acquiesce-t-il en sachant pertinemment qu'il ne sert à rien de nier.
- Avez-vous ordonné à l'un de vos employés de tuer Cornelia Pikes ?
- Non, répond-il fermement.
- Vraiment ?

Horatio ouvre un deuxième dossier, s'empare de plusieurs feuilles colorées par-ci par-là de surligneur jaune. Comme pour le cliché, il les fait glisser jusqu'à M. Sweets. Des transactions bancaires.

- Ce n'est pas ce que racontent vos comptes en banque. Le vôtre a été très actif ces deux dernières semaines. En date du 1er décembre (il démontre ses dires sur l'une des feuilles), vous avez effectué un virement de 3790 dollars sur le compte de votre adjoint et également professeur de maths, M. Gresson.
- Évidemment, s'insurge le directeur. C'est son salaire mensuel.

- Très bien. Dans ce cas, pouvez-vous m'expliquer pourquoi le 8 décembre (nouveau pointé du doigt), jour de l'enlèvement, vous lui virez la somme de 10 000 dollars ?

Pas de réponse. Horatio repart de plus belle, soudain inarrêtable :

- Deux jours avant l'enlèvement, une certaine Maria Ril a effectué un virement de la modique somme de 100 000 dollars sur votre compte bancaire. Et d'après nos recherches, nous savons qu'il s'agit d'Irma Lair. Ce qui fait de vous un complice sur tous les points de vue.
- De quoi m'accusez-vous, au juste ?
- Complicité d'enlèvement sur la personne de Cornelia Pikes, pour commencer. Séquestration. Complicité de tentative d'homicide et enfin, complicité de meurtres.

Choqué, le directeur perd de toute sa superbe. La panique s'infiltre par tous les pores de sa peau. Peut-être que finalement, il ne s'en sortirait pas.

- De meurtres ? s'écrie-t-il.
- Vous m'avez très bien entendu.

Cette fois-ci, Horatio se saisit de tous les dossiers restants qu'il ouvre l'un après l'autre. Certains paraissent bien minces aux yeux du directeur.

- Nous avons retrouvé un étudiant décédé dans votre établissement. Et votre concierge blessé. Voici les éléments que nous sommes en mesure de vous imputer, M. Sweets. En outre, nous avons retrouvé neuf corps dans les sous-sols de *votre* école. Entassés dans un congélateur industriel.

Silence halluciné de l'interrogé. Il ne comprend visiblement pas ce qu'est en train de lui chanter l'agent fédéral.

- Des analyses sont en cours, M. Sweets. Et j'aime autant vous dire que ça ne sent pas bon du tout pour vous. Neuf cadavres parfaitement conservés qui révèleront sous peu tous leurs secrets.

Le choc cloue le bec du directeur. Son visage devient subitement tout rouge – de panique ? de colère ? – et il déclare calmement après plusieurs secondes à maîtriser ses émotions :

- Je n'ai rien à voir avec tout ça. Suis-je en état d'arrestation ?
- Oui, M. Sweets. Pour complicité d'enlèvement et complicité de tentative de meurtre sur votre autre employé, Eli Spencer.

Interrogatoire d'Irma Lair

L'agent Tina Lisbon entre dans la salle d'interrogatoire avec une pile de dossiers sous le bras.

- Tiens donc, une femme ! s'exclame Irma.
- Cela vous pose-t-il problème, Mademoiselle Lair ? réplique Tina en haussant un sourcil.
- C'est toute votre organisation qui me pose problème.

Tina soupire. Ses collègues l'ont prévenue du tempérament de cette femme. Elle a tenté de séduire chacun d'entre eux. Il a bien fallu agir. Avec une femme face à elle, ce sera certainement plus difficile. D'autant plus que Tina est une dure à cuire.

- Votre petit jeu ne fonctionnera pas avec moi, dit-elle pour mettre cartes sur table d'emblée. Et avec ce qui vous pend au nez, à votre place, je ne ferais pas la maligne.
- Et heureusement que vous n'êtes pas à ma place, rétorque Irma dans un soupir excédé. Si vous me disiez pourquoi je suis là ?

Elle donne l'impression d'être profondément ennuyée, inconsciente de ce qu'elle encourt. Comme si elle n'était pas concernée par tout ça.

Tina ne peut s'empêcher de penser que cette femme est totalement ridicule dans sa robe courte bleue, ses talons hauts et les taches de sang qui maculent le tout. Elle n'est pas le moins du monde impressionnée. Bien que ses collègues lui aient déjà exposé les raisons de son arrestation, Tina les énumère de nouveau :

- Vous avez organisé l'enlèvement et la séquestration de Cornelia Pikes. Vous avez soudoyé des agents de la police de Boston. Payé des tierces personnes pour infliger toutes sortes de blessures à Cornelia Pikes. Vous avez usurpé la signature de David McFlint sur le contrat de location de la camionnette qui a servi au kidnapping. Vous avez tenté d'assassiner Eli Spencer. Oublierais-je quelque chose ?

Pour toute réponse, Irma éclate de rire. Repousse ses cheveux vers l'arrière en toute grâce et affirme :

- Vous n'avez strictement rien contre moi. Et pour votre gouverne, mon but n'a jamais été d'assassiner Spencer. Je voulais simplement m'amuser.

- Tortures, donc, conclut Tina en notant quelques mots sur un bloc-notes. Vous vous amusez d'une bien drôle façon.
- Vous avez employé le mot juste : drôle.

Tina se retient de lever les yeux au ciel. Mais elle passe outre et reprend sur un ton ferme :

- Nous avons les preuves de ce que nous avançons.
- Vous m'en voyez ravie, commente Irma en contemplant ses ongles manucurés.
- Soudoiement des forces de police, rendez-vous compte ! Vous aviez tout prémédité. Comment avez-vous procédé, Mlle Lair ? Vous êtes allée au commissariat et vous avez fait votre petit numéro pour que les policiers ne prennent pas la déclaration de disparition en compte ?

Car c'est bien de cela qu'il s'agit. Irma Lair a soudoyé des agents de la police de Boston afin que la déclaration de disparition faite par David McFlint ne soit pas prise au sérieux. Pire, elle leur a même ordonné de faire peser tous les soupçons sur lui... avec quelques preuves.

- Non, madame, dénie-t-elle calmement. Peut-être que vous êtes trop sotte pour le comprendre, mais j'ai des amis dans la police. Le reste n'a été qu'organisation.

Tina n'apprécie pas du tout de se faire qualifier de sotte mais elle n'en laisse rien paraître. Elle doit à tout prix garder son calme face à cette pourriture insolente.

- Il faut croire que vos *amis* vous ont laissée tomber car nous avons leurs témoignages. Nous détenons même les transactions bancaires.

Un peu brusquement, Tina ouvre un premier dossier dont elle extrait plusieurs feuillets. Faisant mine d'être intéressée, Irma se penche pour les examiner. Après quelques secondes, un sourire aussi fier que victorieux illumine son visage :

- Dites-moi si je me trompe – après tout, je ne m'y connais pas – mais mon nom ne figure nulle part sur ces relevés bancaires.
- Voyons, Mlle Lair, bien sûr que si. Vous possédez un *alias*, une subtile anagramme de vos vrais nom et prénom. Maria Ril. Et, décidément, ce nom ressort un peu trop souvent dans l'affaire qui vous concerne. Sans compter le témoignage de votre conseiller bancaire, M. Drapen, qui vous a formellement identifiée.

Tina attend une réaction affolée chez la suspecte. Mais rien de ça. Irma rit à nouveau et s'installe même plus confortablement. L'agent fédérale ajoute pour enfoncer le clou :

- Nous avons les enregistrements des caméras de surveillance de la banque. On vous y reconnaît sans le moindre doute.

Irma garde la bouche close, dans l'expectative. Et Tina de relancer :

- Votre appartement, votre voiture… tout ce que vous possédez, à vrai dire, est en cours de perquisition. Ce n'est qu'une question de temps avant de récolter toutes les preuves.

Silence durant lequel Irma ne se départit pas de son sourire sardonique.

- Vos complices vous ont dénoncée, assène Tina. Hadrien Sweets nous a raconté votre idée de séquestrer Cornelia dans l'école. Il nous a décrit toutes les étapes du processus. D'abord surveiller la proie, noter ses habitudes, puis agir et mettre le plan d'enlèvement à exécution. Et ensuite la captivité. Les relevés bancaires parlent encore contre vous. Une fois que vous aviez payé ces personnes, tous les coups étaient permis pour torturer Cornelia.

Irma reste curieusement silencieuse. Tina ne peut s'empêcher de jubiler, aurait-elle enfin réussi à déstabiliser la suspecte ? Cependant, elle s'ordonne de ne pas crier victoire trop vite. Ce silence inexpliqué fait sûrement partie de la tactique de défense de la jeune femme.

- Nous savons le comment, il nous manque le pourquoi. Et il n'y a que vous qui puissiez nous apporter cette réponse. Pourquoi Cornelia Pikes ?

Les lèvres pulpeuses d'Irma demeurent résolument closes. Elle regarde distraitement les feuillets de transactions bancaires, perdue dans une intense réflexion. Mais Tina décide de ne pas insister tout de suite. Elle pioche deux clichés dans un autre de ses dossiers. Le premier montre Cornelia, le second Eli. Tina les fait glisser jusqu'à Irma. La voix de cette dernière résonne enfin, douce comme un murmure d'une nuit d'été :

- Aucune importance. Elle a gagné la partie.
- Vous trouvez ? réplique Tina, les sourcils froncés. Allongée dans un lit d'hôpital, inconsciente ?
- Évidemment.

Tina plisse les yeux, incertaine de l'attitude à adopter suite à cette affirmation. Se moque-t-elle ? Mais Irma a perdu son sourire depuis quelques minutes, elle ne rit plus.

- J'aimerais comprendre, Mlle Lair. Pourquoi vous être donné tant de mal pour la faire éliminer ? Car, c'était bien le but, n'est-ce pas ? Vous débarrasser d'elle ?
- Réfléchissez, attaque Irma. C'est votre boulot, je crois. Quels sont les principaux mobiles de meurtre dans notre beau pays ?

Tina ne relève pas la note sarcastique de sa question. Bonne élève, elle s'empresse de répondre en énumérant les mobiles à l'aide de ses doigts :

- L'argent (elle lève l'index), l'amour (le majeur), la vengeance (l'annulaire)...

Elle marque un temps d'arrêt, les trois doigts levés.

- La vengeance ? répète-t-elle pour en avoir confirmation.

Pas de réaction en face. Elle poursuit la liste :

- La drogue (l'auriculaire), la colère (le pouce de la main gauche), la... la jalousie ?

Un lourd silence tombe entre les deux femmes. Lentement, délicatement, Irma retourne le cliché de Cornelia face contre la table de ses mains tremblantes. Comme si sa vue lui était absolument insupportable.

- Je devais la séparer de David. Avant qu'il ne soit trop tard. Il m'appartenait. Mais j'ai échoué lamentablement. Elle a survécu parce qu'il m'a suivie.

Elle expire un souffle tremblant de rage. S'éclaircit la voix et ajoute :

- Elle a survécu et je l'ai perdu. Tout ça pour ça !

Dans un accès de colère, elle prend le cliché de Cornelia entre ses mains pour le réduire en une boule qu'elle balance à l'autre bout de la pièce. Ses traits se durcissent de haine. Tina constate, non sans satisfaction, que le vernis craque enfin.

Pourtant, quelque chose la turlupine.

- Mlle Lair, quelque chose me chiffonne dans tout ça.
- Si ce n'en est qu'une...
- Pourquoi avoir fait peser les soupçons sur David si votre but n'était que de vous en emparer ? questionne-t-elle en ignorant la remarque d'Irma. Il risquait la prison et tous vos efforts n'auraient pas payé...

Le sourire de la jeune femme revient subitement. Glaçant. Sa colère s'est tout à coup évaporée.

- Ça faisait partie du plan. Pour l'accabler, le pousser dans le désespoir. Le pousser vers moi. J'aurais fait en sorte que les soupçons sur lui soient écartés. Vous n'étiez pas censés remonter jusqu'à moi. Et tout ça pour quoi ? Pour rien !
- Quel dommage, lâche Tina avec un sourire. Vous allez plonger et tout perdre.
- Vos menaces ne m'atteignent pas, agent spécial Lisbon, éructe-t-elle. J'ai des amis haut placés. Mes parents sont de brillants avocats, pour rappel. Alors, je vous le dis en toute amitié : je sortirai de cette merde plus vite que vous le croyez.

Bangor, État du Maine

St Joseph Hospital

Service Traumatologie – Chambre 732

12h23

David a demandé aux amies de Cornelia de rentrer chez elles. Il continue de veiller sur sa fiancée.

Un médecin différent vient vérifier ses constantes toutes les heures, sans même lui adresser la parole. Il n'a jamais cru en Dieu mais se surprend à prier avec ferveur dans l'espoir de la voir ouvrir les yeux. Il sait qu'elle s'accroche à la vie. Qu'elle se bat coûte que coûte. Il lui transmet des ondes positives et rassurantes, pleines d'amour.

Ça se révèle payant.

Elle ouvre enfin les yeux.

- Mon amour, je suis là. Tu es à l'hôpital.

Elle se racle plusieurs fois la gorge, tente de dire quelque chose mais sa mâchoire cassée l'empêche d'articuler.

- Eï ? Oué Eï ?

Rien qu'un murmure. Il est obligé de se pencher pour l'entendre et traduire « Eli ? Où est Eli ? ». Il a un pincement au cœur.

- Il est dans la chambre d'à côté.
- Tua auvé…

« Tu l'as sauvé ».

À quel prix ? Il l'a laissée seule pour aller sauver l'autre. Ce mec dont il ne définit toujours pas le rôle dans cette histoire. Tout ce qu'il sait, c'est qu'il s'est tapé sa fiancée. Mais avec ou sans son consentement ? Est-il un tortionnaire de plus ou l'amant de Cornelia comme l'a assuré Irma ?

Elle bouge et ne peut retenir un cri de douleur.

- Ne bouge pas, ma chérie. Tu as tout un tas de fractures. Je vais chercher une infirmière.

Elle le retient fermement par la main gauche. Il est surpris qu'elle détienne autant de force. Son état présage pourtant d'une faiblesse évidente. À contrecœur, il plonge son regard dans le sien. Une larme solitaire s'échappe de l'œil de la jeune femme.

- *Reste... avec moi. Ne me laisse pas seule.* [7]

Sa souffrance lui transperce le cœur. Il embrasse sa main, se rassied sur le fauteuil.

- D'accord, mon amour.

Maintenant, les larmes ruissellent sur ses joues. Il voudrait tant la rassurer. Lui certifier qu'elle est enfin en sécurité. Qu'il l'aime et n'a jamais cessé de la chercher. Qu'il regrette d'avoir été un imbécile. Il entrelace ses doigts aux siens, caresse son bras.

- Les salauds qui t'ont fait ça ont été arrêtés par les fédéraux. Ils ne te feront plus jamais de mal.

---

[7] Les passages en italique ont été traduits par l'auteure afin de rendre les propos inarticulés de Cornelia compréhensibles au lecteur.

Un silence apaisant les enveloppe. Interrompu après quelques minutes de calme par l'arrivée d'un autre médecin.

- Monsieur McFlint ?

Ce médecin n'est autre que le Dr Camille Duquesne. Un sourire illumine son visage lorsqu'elle voit Cornelia réveillée.

- Mademoiselle Pikes ! Bienvenue parmi nous.

À son tour, elle vérifie les constantes de Cornelia, note quelques mots sur le porte-documents et relève la tête vers elle pour lui demander :

- Comment vous sentez-vous ?
- Eï... ?

David réprime un accès de colère. Elle n'a que son nom à la bouche ! Camille Duquesne ne semble pas remarquer son trouble et répond à Cornelia, tout sourire :

- M. Spencer va bien. Il demande beaucoup après vous. Je vais de ce pas lui annoncer que vous êtes réveillée. À présent, il faut vous reposer.

Elle presse légèrement le bras de la jeune femme puis quitte la chambre. David a à peine le temps de tourner la tête vers sa fiancée, qu'elle s'est déjà endormie. Attendri, il caresse ses cheveux bouclés. Il lâche sa main pour mieux l'embrasser, se lève du fauteuil. Elle gémit :

- Eli...

Jamais il n'aurait cru que la retrouver lui ferait aussi mal.

Lundi 29 décembre 2014

Boston, État du Massachusetts

Locaux du FBI

Center Plaza, 1

Interrogatoire de David Gresson

Peut-être est-ce son air de chien battu. Ou les griffures sur son visage. Toujours est-il qu'elle se laisse attendrir et décide de changer de tactique en arrivant face à lui.

- Monsieur David Gresson ?

Lentement, le suspect hoche la tête sans même la relever.

- Je suis l'agent spécial Katherine Benson ; vous êtes ici pour répondre à mes questions.

Katherine s'avance vers la table, une pile de dossiers entre les mains – certainement les mêmes que son collègue a apportés lors de l'interrogatoire du directeur. Une fois ces derniers posés lourdement sur la table en métal, elle s'assied face à David. Leurs regards se croisent, elle ressent une pointe de tristesse inattendue.

D'un ton aimable, elle lui ordonne de décliner son identité, son domicile, sa fonction, sa situation personnelle. Apathique, David s'exécute, articulant à peine.

- Monsieur Gresson, pouvez-vous me dire ce qu'il s'est passé la nuit du samedi 20 décembre ?

Elle baisse les yeux sur les poignets entravés du suspect, qui se gratte nerveusement.

- Par où voulez-vous que je commence ?

Il a la locution de quelqu'un d'ivre.

- Par où tout a commencé, suggère-t-elle. Il est dans votre intérêt de vous confier à moi, je suis là pour vous aider.

Tu parles, c'est ta peau qu'elle veut.

Serrant les poings, David plonge dans un mutisme durant quelques instants. La bouche crispée, le regard perdu derrière elle, sur le miroir sans tain. Comme s'il se livrait un combat intérieur, ravageur et intense.

Au bout de deux minutes interminables, il ne dit toujours rien. Alors, Katherine décide de lui donner un coup de pouce et s'empare du premier dossier de la pile qu'elle ouvre tout en douceur. Elle en extrait un cliché : Cornelia sur son lit d'hôpital.

- Dites-moi ce qu'il lui est arrivé. Comment s'est-elle retrouvée dans votre école ?

Silence. Mais plus court cette fois. David semble avoir rendu les armes.

- C'est Mademoiselle Irma qui nous a demandé de faire ça.
- De faire quoi, précisément ?
- La kidnapper. Lui faire du mal. La tuer.

Les mots sortent hachés, incontrôlés. Katherine le sent tendu, en proie à une rage déconcertante.

- Quel a été votre rôle, Monsieur Gresson ?

Il se gratte le poignet plus fort, comme si quelque chose fouillait sa peau pour en sortir.

- On m'a ordonné de la séduire pour mieux la tuer.
- Qui vous a demandé de faire ça ?
- Monsieur le directeur Sweets. Dès que Cornelia est arrivée, je devais la séduire. La mettre en confiance. Pour mieux la trahir.

Katherine plonge ses yeux marrons dans ceux de David. Elle est étonnée de déceler dans son récit un certain détachement, teinté d'une colère non dirigée contre elle. Encore plus surprise qu'il semble coopérer.

- Et vous avez réussi.

Ce n'est pas une question mais une affirmation qui attise encore sa fureur. Il frappe du poing sur la table.

- J'ai échoué. Sur toute la ligne. On m'a coupé l'herbe sous le pied, ajoute-t-il en grimaçant.
- C'est-à-dire ?
- Ce minable de Spencer. Il l'a séduite avant moi.

Tu lui feras la peau.

- Je suppose que ça ne vous a pas fait plaisir, glisse Katherine.
- Ça m'a mis hors de moi ! hurle-t-il en serrant les dents. Il n'avait pas le droit de la toucher. Elle était à moi, pour moi ! Mais le directeur m'a dessaisi de ma mission. Et il a chargé

ce crétin de la séduire. Un vrai jeu d'enfant pour lui : elle est tombée dans ses bras comme un rien. Et on m'a refilé le sale boulot.

Les tics nerveux se font de plus en plus fréquents. Katherine les note mentalement, de moins en moins rassurée. Son expérience lui souffle que le suspect frôle la crise. Mais elle doit faire son travail : récolter des aveux afin de rendre justice.

- Alors vous avez décidé de l'éliminer pour qu'il ne la touche plus et vous avez assouvi votre besoin.
- J'ai fait ce que Mademoiselle Irma attendait de moi.

Un silence s'instaure. Katherine prend d'autres dossiers et les ouvre les uns après les autres. Il est temps d'affermir le ton.

- Et les autres filles ? C'est aussi votre directeur qui vous a demandé de les assassiner ?

Nouveau silence, inquiétant cette fois. David se gratte les poignets sans arrêt, gêné par les bracelets de fer, fuit le regard de son interlocutrice. Le miroir sans tain semble le fasciner, l'accaparer au point d'oublier de répliquer. Katherine ne se laisse pas démonter et reprend :

- Amanda Trent. Claire Shawghnessy. Kelly O'Connor. Chelsea Hoffmann. Brittany Maters. Carolina Stilletto. Mary Erickson. Tamara Grant. Becky Walsch. Ça vous dit quelque chose ?

Grognement. Grattements plus intenses. Tout son corps se tend. Les dents serrées, il concède un début de réponse :

- Mes trophées.

- Nous avons trouvé votre ADN sur chacune d'entre elles. Des traces de sévices, des blessures. Ce qui ne laisse aucun doute quant à votre culpabilité. Et nous avons remarqué une chose plutôt surprenante, M. Gresson.

Soudain attentif, David cesse brusquement de s'arracher la peau des poignets. Son regard a changé du tout au tout. À son arrivée, il avait tout l'air de la victime, la proie. Comportement fuyant, malaise, gêne. Mais à présent, une étincelle mauvaise brille dans ses yeux. L'assurance. La malveillance. Katherine, en dépit de son trouble, poursuit :

- Vous êtes employé à l'école Senway depuis l'automne 2004. Dix ans. Et chaque année, une de ces filles disparaissait. Nous n'avons jamais pu savoir ce qui leur est arrivé. Jusqu'à aujourd'hui. Vous les avez kidnappées. Violées. Battues à mort. Puis vous vous en êtes débarrassé dans les congélateurs du sous-sol. Il nous aura fallu quelques jours pour les identifier et analyser tous les prélèvements mais je dois dire que vous nous avez facilité la tâche, Monsieur Gresson. Vous les avez extrêmement bien conservées. Au point de nous mener tout droit vers vous.

Elle laisse les mots faire leur chemin dans l'esprit de David, qui ne réagit pas, attendant la suite avec une patience remarquable. Katherine repart, le ton de temps en plus affirmé :

- Mais ce que nous cherchons à savoir, c'est si vous avez agi seul. Est-ce votre directeur qui vous a ordonné de leur faire du mal ?

D'un mouvement sec et à peine perceptible de la tête, David nie. Son regard se durcit encore. Un long frisson parcourt tout l'épiderme de Katherine.

Elle flippe. Oh oui, elle flippe. Dis-lui donc.

- Il y a bien quelqu'un qui me l'a ordonné. Mais pas Monsieur le directeur.

Même sa voix s'est métamorphosée. Les mots sortent sûrs et sans colère. La lutte qu'il se livrait auparavant a pris fin, incontestablement. Et Katherine ne sait pas si c'est une bonne chose ou non. Elle se racle la gorge, demande :

- Qui est-ce ?

Un sourire malsain soulève un coin de sa bouche. Lentement, il tapote sa tempe droite de son index et pour donner plus de poids, précise dans un souffle :

- La voix dans ma tête.

Katherine cache sa surprise du mieux qu'elle peut. Si elle s'attendait à ça...

- Que vous dit-elle ?

Elle est gentille. Traite-la bien.

- Elle vous aime bien, je crois. Quand je voyais une belle femme, elle me disait de la prendre. Que je la méritais. Alors, j'ai obéi. Elle me demandait de leur faire du mal, de les posséder. Et de m'en débarrasser.

Katherine, de plus en plus ahurie, tente de maîtriser ses émotions et de garder son masque stoïque. Elle baisse la tête sur le bloc-notes qu'elle a laissé sur le coin de la table, le fait glisser jusqu'à lui.

- Je crois qu'il est temps de vous confier, M. Gresson. Vous voudriez bien faire ça pour moi ? Par écrit ?

Docilement, il s'empare du stylo qu'elle lui tend, néanmoins sans conviction. Il hoche lentement la tête.

C'est le moment de briller et de faire connaître notre histoire. Dis-leur. Dis-leur tout.

- N'oubliez aucun détail. Votre coopération sera récompensée.

Fébrile, il entame la première phrase d'une longue série.

Vendredi 2 janvier 2015

Bangor, État du Maine

St Joseph Hospital

Service Traumatologie – Chambre 732

13h07

Le docteur Camille Duquesne demande gentiment à David de sortir un moment pour s'entretenir avec moi. Intriguée, je m'interroge sur le pourquoi elle souhaite me parler en privé. Je redoute une mauvaise nouvelle. À vrai dire, je redoute une si mauvaise nouvelle qu'on ne peut même pas la divulguer à David. Néanmoins, le visage d'ange de la doctoresse n'est pas fermé. Bien au contraire...

Voilà presque deux semaines que je me trouve ici. Mes blessures se referment lentement mais sûrement. Mon visage arbore toutes les nuances de bleu, violet et vert ; la douleur, sans avoir disparu, se fait moins intense. Ma mâchoire, bien qu'elle ne soit pas encore guérie, me fait beaucoup moins mal et me permet d'un peu mieux articuler. Ce n'est pas encore totalement intelligible mais ça viendra. On m'a dit qu'elle devrait se rétablir d'ici deux ou trois semaines.

Camille et moi nous appelons par nos prénoms respectifs. Quand j'ai eu besoin d'une oreille attentive et d'une épaule sur laquelle pleurer, Camille a été là. Mes amies aussi, certes. Mais elles connaissent Irma et David. Ce dont j'ai besoin, c'est d'un regard totalement extérieur. Camille connaît toute mon histoire dans les moindres détails. Sa bonté a su me toucher, sa douceur et son ouverture d'esprit m'ont fait beaucoup de bien. Je ne m'y attendais pas mais elle a pris une place extrêmement importante dans ma vie.

En dépit du fait qu'Eli se trouve dans la chambre voisine, il n'est pas passé me voir. Pire, il refuse toute visite de ma part. Je ne comprends pas sa réaction. Ça me fait mal. Il me manque tellement…

Comme à son habitude, Camille tient dans sa main droite son bloc-notes avec tout mon dossier médical. N'y tenant plus, je lui demande :

- *Que se passe-t-il, Camille ? Tu m'inquiètes.*
- Cornelia, j'ai une grande nouvelle à t'annoncer.
- *Crache le morceau !* lui ordonné-je entre peur et excitation.

Elle déplace le fauteuil face à moi et s'y assied. Elle plonge son regard vert dans le mien et lance :

- Nous avons eu les résultats de ta dernière prise de sang. Le taux de HGC montre que tu es enceinte de plus de deux semaines.
- *Attends… quoi ?*

Le choc me paralyse tout à coup. Le doute aussi. Si ça fait plus de deux semaines, ça veut peut-être dire que je porte en moi le fruit d'un viol. Je porte la main à ma bouche. Mais loin de se douter de mon trouble, Camille sourit de plus belle.

- D'après mes calculs, c'est Eli, le père.

Je me mets à trembler.

Comment peut-elle en être sûre ?

Le choc est trop fort pour moi. Un bébé... Des larmes roulent sur mes joues.

- *Mais... tu es sûre que ce n'est pas... l'autre ?*

Par « l'autre », j'entends bien sûr ce salopard de Gresson. Car la seule certitude que j'ai à cet instant, c'est que mon fiancé n'entre absolument pas en ligne de compte. Nous ne nous sommes pas touchés depuis plus d'un mois...

- J'en suis certaine à 100%, Cornelia. Tu étais déjà enceinte quand il t'a fait ça.
- *Comment tu peux l'être ?*

Camille prend une grande inspiration et entame ses explications :

- Lorsque tu as été admise ici, nous avons dû effectuer toutes sortes de prélèvements afin de faire des analyses. C'est la procédure en cas d'agression sexuelle. Avec Gresson en détention et tout ce qui pèse sur lui, nous avons pu comparer les ADN et prouver qu'il est bien ton agresseur.

J'acquiesce, avide de connaître la suite. Sa culpabilité est donc prouvée. Qu'en est-il du reste ?

- Le FBI a poussé les recherches, effectué d'autres analyses. Et ce qu'il en est sorti c'est que Gresson ne risque pas de mettre quiconque enceinte. Il est stérile.

Elle marque une pause, le temps de laisser ses mots m'imprégner et gagner mon cerveau. Quand je réalise ce qu'elle vient de dire, mes yeux s'écarquillent. Puis je fonds en larmes.

Je devrais éprouver de la joie, non ? Cette nouvelle implique tellement de choses, de changements. Je n'arrive pas à savoir si je suis heureuse ou atterrée. Je déglutis avec peine.

- *Je comprends mieux pourquoi tu as voulu faire sortir David. Comment lui annoncer ça ? Nous sommes censés nous marier... la semaine prochaine !*

Camille ne dit rien mais, à son regard, je sais qu'elle n'en pense pas moins. Elle caresse ma main gauche, me témoignant son soutien.

Les larmes ne s'arrêtent pas de couler. Je me sens prise au piège. En deux semaines d'hospitalisation, j'ai éludé toutes les questions de David. « Où est ta bague ? », « Que s'est-il passé entre lui et toi ? », et la pire de toutes : « Est-ce que tu m'aimes encore ? ». Je suis incapable de lui répondre que je me suis volontairement séparée de la bague, que je suis tombée amoureuse d'Eli dans les instants les plus traumatisants de mon existence.

Pourquoi Eli refuse-t-il donc de me parler ? Qu'est-ce que j'ai fait de mal ?

- Tu ne voudrais pas l'annoncer à Eli ? glisse-t-elle après quelques instants.
- *S'il voulait au moins me parler...*
- Je vais voir ce que je peux faire pour toi, assure-t-elle dans un sourire. Mais avant toute chose, nous allons procéder à une échographie.

Je hoche la tête. Camille demande aux infirmiers de m'emmener au service gynécologie. Puisque je n'ai pas la possibilité de me déplacer par mes propres moyens à cause de mes chevilles plâtrées, on m'installe dans une chaise roulante et on me guide jusqu'au bon service.

Au centre de la pièce, un fauteuil gynécologique qui me rappelle de terribles souvenirs. Les images m'assaillent inévitablement. Les coups de Gresson à chaque fois que je refusais d'ouvrir les yeux, sa poigne autour de mon cou qui se resserrait à chacune de ses vagues de plaisir...

J'ai froid tout à coup, je tremble. J'ai peur. Je retiens mes larmes et me rappelle cette promesse que je me suis faite il y a des semaines : ne plus jamais être faible. Je réussirai à surmonter cette épreuve. D'autant plus que je suis ici pour la bonne cause.

Les infirmiers m'installent sur le fauteuil, quittent silencieusement la pièce. Seule Camille reste avec moi.

Le gynécologue fait son entrée. Un homme jeune, grand et très mince qui se présente à moi de manière chaleureuse :

- Je suis le docteur Thomas Ryan. Ma consœur m'a chargé de m'occuper de vous.

Il tend sa main, que je serre en hésitant. Camille s'apprête à nous quitter, la panique me gagne à un point inimaginable. Je m'écrie :

- *S'il te plaît, Camille, reste avec moi ! Après tout, c'est toi qui me l'as annoncé.*

Le Dr Ryan se tourne vers elle, un sourcil haussé. Et à mon grand soulagement, elle accède à ma requête.

Le docteur prépare son matériel puis enduit de gel mon ventre encore douloureux afin de procéder à l'échographie. Mes yeux se posent sur l'écran à disposition, sans pour autant y comprendre grand-chose.

- Tout est d'aspect normal, commente-t-il. Vous voyez ici ?

De son index, il montre un point noir sur l'écran neigeux. J'opine, incapable d'articuler le moindre son tant ma gorge est nouée.

-   C'est votre bébé, affirme-t-il dans un sourire. Félicitations, Mademoiselle Pikes !

Je souris faiblement, les larmes dévalant mes joues. Ce petit point noir qui va changer toute ma vie.

Un silence chargé d'émotion emplit la salle tandis qu'il nettoie le gel sur mon ventre. Un bébé grandit en moi. Le fruit d'un amour intense et partagé. D'ici plusieurs mois, je le mettrai au monde et le porterai dans mes bras. Je serai maman. Est-ce que je suis prête ? Est-ce que je serai une bonne mère ? Est-ce qu'Eli sera heureux ?

Camille s'approche de moi après qu'on m'a une nouvelle fois installée dans la chaise roulante.

-   Il va falloir que je te laisse. J'ai pas mal de patients à voir dont un en particulier.

Clin d'œil éloquent qui me fait sourire et battre mon cœur plus fort. Elle prend ma main valide dans la sienne et m'assure solennellement :

-   Je te promets que tout va rentrer dans l'ordre.

Comment ? ai-je envie de lui hurler.

Elle quitte la pièce. Le Dr Ryan me tend les clichés de l'échographie que je garde précieusement. J'ai à la fois l'envie irrépressible de les regarder et la peur irrationnelle de le faire.

Les infirmiers me raccompagnent à ma chambre et me recommandent le repos.

David n'est pas revenu. Ni les filles. Épuisée, je sombre dans un sommeil agité, la main sur mon ventre.

18h01

J'ouvre lentement les yeux. Dehors, il fait déjà nuit. J'ai dû m'assoupir longtemps. Je jette un œil alentour. Aucune trace de David. Je suis seule, terriblement seule. Où peut-il bien être ?

Le cliché de l'échographie repose toujours sur mon ventre. Le cœur battant, je le scrute dans ses moindres détails. Ce petit point noir est une fusion d'Eli et de moi. Sera-ce une fille ou un garçon ? L'émotion m'étreint une fois encore.

Dans un timing absolument stupéfiant de perfection, Camille entre dans la chambre avec deux infirmiers.

- Ah ! s'exclame-t-elle, ravie. Tu es enfin réveillée. Eli veut te voir. Prête pour y aller ?

Mon cœur repart dans un galop effréné tant la joie m'envahit. Je vais enfin le revoir !

- *Et comment !*

Une fois de plus, on m'installe sur la chaise roulante. Je dissimule le cliché sous ma cuisse droite, j'en aurai besoin pour plus tard. Camille pousse la chaise sur les quelques mètres qui nous séparent de la chambre voisine. La porte est étrangement déjà ouverte et, sans un bruit, nous pénétrons dans la chambre.

Sans se douter de notre présence, Eli regarde tranquillement la télévision accrochée au mur. Je le trouve en forme malgré toutes les épreuves qu'il a traversées. Il finit par tourner la tête vers moi. Comme lors de notre première rencontre dans l'amphithéâtre 9B, son regard émeraude m'harponne et m'électrise. Il m'a tant manqué !

Camille m'avance jusqu'au centre de la pièce, plus précisément à côté du lit, puis murmure à mon oreille :

-   Si tu as besoin, je reste dans le couloir.

J'acquiesce d'un léger signe de tête. Toujours sans bruit, elle quitte la pièce et referme délicatement la porte derrière elle.

-   Oh Cornelia, dans quel état tu es...

Il s'agenouille devant moi, tend la main pour caresser mes cheveux, ma joue. Touchée, je lève mon bras gauche pour attraper ses doigts. Des larmes s'échappent de ses yeux magnifiques. Et des miens aussi, je l'admets. Je me racle la gorge après quelques minutes.

-   *Pourquoi tu as refusé de me voir ?*

Un pli d'incompréhension barre son front. Ce sont les premiers mots que je prononce et, à cause de ma mâchoire, ils sortent hachés. Je répète, plus lentement. Une lueur de culpabilité traverse son regard.

-   Je suis désolé. C'est pas l'envie qui me manquait pourtant. Demande à ton *fiancé.*

Je n'aime pas le ton qu'il emploie, ni ce qu'il insinue. Je fronce les sourcils.

- *Oh Eli, je t'en prie ! Tu sais bien qu'il n'y aura pas de mariage. Encore moins maintenant...*
- Vraiment ? riposte-t-il avec une certaine colère dans la voix. Dans ce cas, peux-tu me dire pourquoi il campe devant ta chambre nuit et jour comme s'il était ton garde du corps ? C'est à moi de le faire, pas à lui !

Je suis stupéfaite par sa véhémence. Elle me rend plus coupable encore de ma lâcheté. Car, finalement, si David est toujours là à me surveiller, c'est bien parce que je n'ai pas encore réussi à le quitter, n'est-ce pas ?

Je baisse la tête, honteuse.

- *Je suis désolée, Eli. C'est ma faute. Je n'ai pas encore trouvé le bon moment pour lui parler. C'est quand même grâce à lui qu'on a pu sortir de cet enfer...*

Il ne dit rien, il sait que sur ce dernier point, j'ai raison. Et justement, ça ne l'enchante pas du tout.

Nous en venons à retracer ensemble les événements de cette nuit fatidique.

- Nous n'aurions jamais dû accepter l'aide d'Anthony et de son père, affirme-t-il, fataliste.
- *On ne pouvait pas se douter que John nous dénoncerait*, objecté-je en secouant la tête.
- Moi si, admet-il, la mâchoire crispée. Il présentait tous les signes de la duplicité depuis qu'il nous avait surpris.

Choquée, je cille plusieurs fois, l'incitant à en dire plus. Nos doigts sont entrelacés, comme si c'était un automatisme aussi naturel que de respirer.

- Quand Anthony est venu nous trouver à la bibliothèque pour nous proposer son aide, j'ai observé le comportement curieux de John.
- *Il était vraiment bizarre*, enchéris-je pour lui donner raison.
- Il écoutait attentivement. Il n'avait pas peur comme nous, il était *intéressé*. C'est pour ça que je voulais lui parler le soir-même. Pour le confronter. Mais… toi et moi avons été… fort occupés cette nuit-là et… j'ai oublié.

Il rougit. Oui, nous avions passé une nuit très agitée à tous les points de vue, ce vendredi 19 décembre.

- *Ça n'aurait probablement rien changé de toute façon*, lâché-je pour le rassurer.

Et je le pense. Nous reprenons le fil des événements qui nous ont valu d'être ici, à l'hôpital. Mettre des mots sur ce qui nous est arrivé est très douloureux. Mais je dois me souvenir que je ne suis pas venue le voir pour ça.

- *Je voulais te parler de quelque chose en particulier*, lancé-je, le cœur au bord des lèvres tant je stresse.
- Dis-moi ?

Délicatement, je dénoue mes doigts des siens et m'empare du cliché de l'échographie caché sous ma cuisse.

- Qu'est-ce que c'est ?

Je rougis. Intrigué, il s'en saisit et lorsqu'il comprend de quoi il s'agit, il tombe des nues. Sa surprise cède la place à la colère :

- C'est ce salaud de Gresson qui t'a fait ça ?
- *Non.*

Je n'arrive pas à articuler davantage. L'émotion me noue la gorge une fois de plus.

- Ton fiancé ?
- *Non, Eli. C'est toi.*

Son regard halluciné passe de mon visage au cliché, du cliché à moi. Comme s'il cherchait la vérité dans le petit point noir. Il pâlit.

- Tu veux dire que… je vais… enfin nous allons… avoir ce bébé ?

Je hoche la tête, soudain rassurée de voir un sourire épanoui sur son visage et des larmes de joie. Doucement, il pose sa tête sur mes cuisses, conscient de mes blessures, et caresse tendrement mon ventre. Le cœur battant d'amour, je caresse ses cheveux en retour.

- Notre enfant… notre bébé. Il a survécu à toutes les horreurs que tu as subies, mon amour.

Il dit vrai, c'est à se demander par quel miracle nous sommes tous les trois encore en vie. Un silence nous enveloppe, rassurant.

- S'il te plaît, dis-le encore, m'ordonne-t-il soudain.
- *De quoi ?*
- Ce que tu ressens pour moi. Je le lis sur ton visage mais j'ai envie de l'entendre.
- *Je t'aime, Eli. Éperdument.*

Son visage s'illumine. Comme si on avait pris toutes les étoiles de l'univers pour les mettre dans ses yeux.

Après des jours sans nous toucher ni nous voir, il prend mes lèvres en un baiser tendre et plein de passion. Soucieux de ne pas me faire mal, il réfrène la fougue de son baiser. La douceur de sa bouche et son goût de réglisse m'ont tant manqué. Si ses baisers peuplaient mes rêves jusqu'à présent, ils sont enfin réalité.

Et son amour me donne la force de tout affronter.

20h28

Une fois de retour dans ma chambre, je jette à nouveau un œil sur le cliché. Je suis si heureuse. Eli en a pleuré de joie. J'ai eu tant de mal à le quitter ce soir. Heureusement, notre calvaire touche bientôt à sa fin. Le pire est passé, le bonheur nous attend. J'en viens à ces pensées quand David déboule dans la chambre comme un dératé.

- Ah tu es enfin revenue ! Les médecins m'ont dit que tu faisais d'autres examens.

Il s'apprête à poursuivre mais quelque chose le retient. Une lueur étrange s'allume dans son regard. Il prend un air soucieux.

- Tu as l'air... heureuse.

Le moment tant redouté arrive. Il est temps de lui expliquer tout ce qui s'est passé. De répondre à toutes ses questions. De le quitter. Je pensais éprouver de la tristesse à devoir rompre, mais ce n'est que la peur qui me tenaille. La peur de sa réaction.

- *David, assieds-toi. Il faut qu'on parle.*

« Il faut qu'on parle », pourquoi une phrase si banale a le pouvoir de briser les cœurs ?

Il m'obéit sans discuter. Peut-être attend-il cet instant depuis longtemps.

- *Si nous n'avons pas eu cette discussion avant, c'est parce que je n'en avais pas la force. Mais maintenant, j'ai une raison.*

La main tremblante, je lui tends le cliché. Ce cliché qu'Eli a usé de ses regards adorateurs, de ses larmes et de ses caresses. Inquiet, il le prend et l'observe. J'ai un pincement au cœur quand ses yeux s'embuent de larmes.

- Ma chérie, peu importe ce qu'il t'a fait, je le tuerais de mes propres mains. Et j'aimerai cet enfant comme si c'était le mien.
- *Non, David, tu ne comprends pas. Le père de mon bébé est dans la chambre d'à côté.*

Un pli disgracieux creuse son front. Je devine la colère le gagner petit à petit. J'ai assez connu ses accès de rage pour reconnaître les signes. Sauf qu'entre temps, ma vie a totalement basculé et a changé la vision que j'avais de la peur.

- J'aurais dû m'en douter, crache-t-il. T'as que son nom à la bouche. Eli par-ci, Eli par-là. Tu t'es bien gardée de me dire qui il est pour que j'aille le sauver !
- *Je t'en prie, essaie de comprendre !*
- Que j'essaie de comprendre ?

Il répète plus fort :

- Que j'essaie de comprendre ?! Qu'est-ce qui s'est passé dans cette foutue école pour que tu en sortes à moitié morte et avec une brioche au four ?!

- *Si tu arrêtais de crier, j'arriverais peut-être à te l'expliquer !*
  La ferme !

C'est la première fois que je fais preuve d'autorité sur lui. La première fois que je sors littéralement de mes gonds. Mais, heureusement pour moi, ça a l'effet escompté puisqu'il en reste bouche bée et à l'écoute.

Alors, je lui raconte tout. Dans les moindres détails, malgré ma mâchoire douloureuse et en voie de rétablissement. Ma captivité, les coups, les humiliations. Les cours qu'on m'a forcée à suivre, la première tentative de viol de Gresson. Ma rencontre avec Eli, ce professeur qui m'a respectée et promis la liberté. Notre rapprochement, nos sentiments naissants. L'évasion qui a tourné au fiasco.

Il ne m'interrompt pas une seule fois. Sur son visage, l'amertume se mêle à la déception. Je sens pourtant une fureur sourde bouillir dans ses veines.

- Ce que tu es en train de me dire, c'est qu'Irma est quand même parvenue à ses fins. Elle m'a séparé de toi.
- *Ses plans étaient autrement plus maléfiques que ça,* rétorqué-je. *Si tu n'étais pas intervenu, je serais morte. J'aurai toujours cette dette envers toi.*

Il n'accepte pas mes remerciements. J'imagine que c'est une bien piètre consolation pour lui...

- *Je suis désolée...*
- Tu l'aimes ?
- *Oui*, lâché-je dans un souffle.
- Et moi, tu m'as aimé ?

Sa question me bouleverse. Le David toujours sûr de lui, parfois hautain mais toujours grande gueule, en est réduit à l'état d'enfant quémandant l'amour des plus grands. Cette vision me touche. Et puis je me rappelle que c'est sa manière de fonctionner pour toucher à son but.

Néanmoins, je lui cède ce point. Je lève ma main gauche, caresse sa joue.

- *Tu as été mon premier amour, David. Bien sûr que je t'ai aimé.*

Et c'est vrai. Il esquisse un sourire triste, embrasse ma main. Quand il se lève, il me rend l'échographie puis murmure :

- Je serai toujours là pour toi, mon amour.

Je n'en crois pas un mot mais je fais comme si. Les épaules voûtées, il quitte la chambre.

J'expire un long soupir de soulagement.

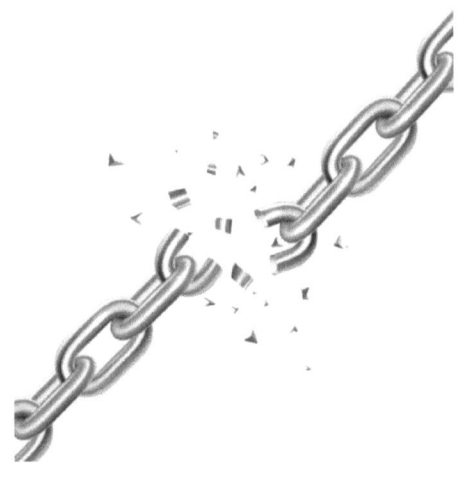

Épilogue

Quatre mois plus tard

Samedi 9 mai 2015

Orlando, État de Floride

Maison de Cornelia Pikes et Eli Spencer

Lockwood Avenue, 1714

J e finis à peine de mettre les tasses sur la table lorsqu'on sonne à la porte. Je jette un œil au pendule de notre salon : quinze heures.

- Chéri, tu peux ouvrir, s'il te plaît ? Ce doit être Will et Matt.

Les mains prises par un énorme plateau couvert de cookies, Eli passe devant moi avant de se plaindre sur un ton taquin :

- Je voudrais mais, vois-tu, ma maîtresse m'a ordonné de faire la cuisine.

Je soupire sans me départir de mon sourire amusé. Cet homme me fait fondre. Néanmoins, il me transperce d'un regard intransigeant. Tendre mais intransigeant.

- Très bien, capitulé-je. J'ai compris, je vais ouvrir.

Je lui vole un baiser puis nous allons chacun de notre côté. Lui dans la cuisine, moi devant la porte, que j'ouvre fébrilement. Ma surprise est immense quand je vois ma meilleure amie sur le seuil, accompagnée de son mari, chargé d'un paquet superbement emballé.

- Camille ! Tu as pu venir, finalement ?

- Bien sûr ! Comment aurais-je pu rater l'anniversaire de ma meilleure amie ? Et puis en avion, je suis vite arrivée !

Je suis tellement heureuse de la revoir, je la prends dans mes bras et la serre fort contre moi. Je m'écarte afin de leur permettre d'entrer, Camille en profite pour voler le paquet des mains de son mari pour me le tendre.

- Tu es un amour ! Ta présence est déjà un cadeau magnifique.
- Accepte sinon je m'en vais, dit-elle en riant. Je crois que je ne t'ai pas encore présenté mon mari, le Professeur Gary Duquesne.
- C'est un véritable plaisir de vous accueillir chez nous, réponds-je en lui serrant la main.

Le Pr Duquesne est un homme de taille moyenne, en léger surpoids et plutôt séduisant pour sa cinquantaine d'années. Il arbore des lunettes à montures d'écailles et une barbe poivre et sel. Pour l'occasion, il revêt un costume bleu marine taillé sur mesure et des mocassins noirs d'une grande marque italienne. Je les conduis dans la salle à manger, les invite à prendre place.

Après notre sortie d'hôpital, Eli et moi avons pris la décision de partir vivre en Floride. Nous avons vivoté quelques semaines dans un appartement minable à Bangor même, le temps de nous requinquer tant physiquement que financièrement afin d'emménager dans notre véritable foyer. Nous sommes installés depuis deux semaines seulement.

- Comment se porte le bébé, Cornelia ?

Nous ne nous sommes pas parlé depuis des jours et je n'ai pas trouvé le temps de lui faire le compte rendu de mon rendez-vous chez la gynécologue.

- À merveille, m'exclamé-je en posant la main sur mon ventre légèrement arrondi. J'ai fait ma deuxième échographie mercredi et la gynécologue m'a annoncé que c'est un garçon.
- C'est fabuleux ! commente-t-elle, tout sourire.
- Eli est fou de joie, relancé-je. Il prépare la chambre du bébé quand il ne donne pas ses cours à l'USF[8] de Tampa.
- Je suis tellement heureuse pour toi.

Camille me presse le bras en douceur, me regarde et me sourit de toutes ses dents. Son mari, taciturne, garde le silence mais observe toutefois.

Enfin, Eli nous rejoint, les mains toujours aussi pleines de denrées appétissantes.

- Oh, bonjour Camille ! s'écrie-t-il, surpris lui aussi.

Il dépose les plateaux pleins de douceurs et autres pâtisseries pour saluer nos invités. Tandis qu'ils échangent les politesses d'usage, on sonne une deuxième fois à la porte. Je vais ouvrir.

- Salut, future maman ! Joyeux anniversaire !

Je souris de plus belle, heureuse de voir sur le seuil chacune de mes trois plus proches amies. Toutes les trois accompagnées de leurs amoureux respectifs.

---

[8] University of South Florida

Aujourd'hui, en plus de fêter mon anniversaire, nous pendons notre crémaillère. Tous nos invités découvrent notre maison pour la première fois.

- Vous êtes toutes venues en même temps ! constaté-je, ravie.
- Nous avons décidé de prendre le même vol depuis Boston, réplique gaiement Hay Lin.
- Vous avez fait bon voyage ? leur demandé-je en les emmenant dans la salle à manger.
- Plutôt oui, souffle Taranee.

Elles prennent place autour de la grande table ronde. Je leur propose à boire, tout le monde opte pour un café. Avant même de pouvoir le demander à mon charmant compagnon, il revient déjà avec une cafetière pleine en main. Nos regards se croisent, mon cœur cogne contre ma poitrine.

- Alors, vous avez tous les deux trouvé un travail ? questionne Will après une gorgée brûlante de son breuvage.
- On a fait nos recherches quand on était à Bangor, commencé-je. J'ai été embauchée par BBM (the Books of the BlueMoon), une maison d'édition qui accepte que je télétravaille pendant ma grossesse. Et Eli a très vite trouvé un poste de professeur à l'université de Tampa.
- Elle voulait la Floride, et moi, pauvre amoureux transi, je l'ai suivie.

Rires de nos invités, je rougis tandis qu'il dépose un baiser sur mes cheveux.

- Vous avez déjà un prénom pour le bébé ? s'enquit Matt, le compagnon de Will.

- Oui, répond doucement Eli. Nous l'appellerons Anthony.
- Anthony, répète Cédric, le compagnon de Hay Lin. Joli. Pourquoi ce prénom en particulier ?
- En hommage à quelqu'un qui a donné sa vie pour nous aider.

Anthony Aubrahn, victime de l'École Senway. Victime d'un agent de sécurité inhumain et coupable de duplicité, de trahison. Étudiant dans l'école non pas par choix mais pour rester en vie et veiller sur son père.

Un silence pesant et glauque s'abat sur nous. Nous sommes tout à coup très préoccupés par le contenu de nos tasses ou les assiettes généreusement garnies de douceurs.

- À ce propos, glisse soudain Camille, vous avez regardé les infos ?
- Nous avons pris l'habitude de ne pas regarder la télé, réplique Eli, un sourcil haussé. Pourquoi ?
- On aurait découvert le corps sans vie d'Irma dans sa cellule. À première vue, il s'agirait d'un suicide.

La stupéfaction nous laisse bouche bée. C'est Taranee la première à réagir :

- Il faut croire qu'elle a eu la monnaie de sa pièce.

Sa remarque me laisse un goût amer en bouche. Nous avons aimé Irma, nous formions une famille toutes les cinq. Mais aucun de nous à cette table, même pour ceux qui ne l'ont jamais rencontrée, est capable d'éprouver de l'empathie. De la tristesse.

Je ne peux m'empêcher de penser qu'Irma a toujours été malheureuse. Fille unique, ses parents étaient beaucoup trop occupés par leur carrière pour prendre soin d'Irma. Ils l'ont délaissée au profit d'affaires alléchantes : des accusés tristement célèbres ou des victimes brisées. Célibataire endurcie, amie difficile de par sa franchise déstabilisante, elle a finalement été très seule et mal aimée.

Quand je regarde les personnes qui m'entourent, je réalise que je suis la femme la plus heureuse de la planète. Un amoureux attentionné, un bébé à naître, des amis merveilleux et un travail passionnant...

Que puis-je demander de plus ?

Note de l'auteure
Anecdote sur École Senway

2015. Je fais un cauchemar à glacer les sangs. Comme tout rêve, c'est flou, c'est incohérent et incompréhensible.

Je rêve que je suis séquestrée dans une salle de classe. Réduite au silence et enchaînée, une horde d'inconnus me forcent à suivre le cours. Un immense tableau noir, des rangs de tables occupés par des étudiants impassibles. Pourquoi ne m'aide-t-on pas ?

Le pire est à la fin, quand ceux qui sont libres s'amusent à me faire subir toutes sortes de sévices : coups, violence verbale, humiliation, viols...

En me réveillant ce matin-là, l'impulsion d'écrire ce cauchemar est née.

J'ai décidé de créer Cornelia, de lui inventer une vie, d'inventer l'école, les professeurs. Tout un contexte pour que puisse vivre mon cauchemar sur le papier.

J'écrivais de manière totalement frénétique, et même si je travaillais à l'écriture du tome 2 du Surhumain, je l'ai complètement laissé de côté pour me consacrer à cette école d'aliénés.

Encouragée par ma maman à publier chez BoD, je passe le 1er semestre 2016 à me remettre de ma rupture sentimentale et à mettre un point final à École Senway.

Première expérience et elle est loin d'être parfaite : une vraie catastrophe éditoriale !

J'ai honte. Pourtant, c'est le livre que je vendrai le plus et qui sera très apprécié des lecteurs.

Aujourd'hui, j'ai voulu tourner la page de cette première expérience éditoriale ratée. J'ai appris de mes erreurs, j'ai pris du recul, j'ai découvert un tas de choses qui m'ont fait grandir. Et surtout, j'ai rencontré des personnes absolument merveilleuses qui m'ont redonné confiance en moi et en mon talent.

La première version n'a été qu'un exécutoire, une histoire centrée sur Cornelia et dont les contours ont été volontairement floutés. Ce que je livre avec cette réédition, c'est de la netteté, des réponses à des questions.

Et si en arrivant à la fin, il en subsiste toujours, sachez que tout sera éclairci grâce à mon préquel… en cours de création.

En attendant j'espère que vous avez apprécié cette (re)lecture et vous invite à me donner votre avis !

Remerciements

Si la première édition n'a pas eu droit à des remerciements, il est enfin temps d'y remédier, même succinctement.

Je remercie bien évidemment ma maman, sans qui rien n'aurait été possible.

Je remercie mon compagnon, Sylvain, qui aura connu la première version ainsi que cette réédition et m'aura soutenue pour les deux.

Je remercie ces perles rares que j'ai rencontrées sur Instagram et qui m'ont donné une force indescriptible. Pauline G. (@laboiteauxlivres) qui a lu et relu ce livre un nombre incalculable de fois pour m'apporter son aide. Magali, ma jumelle. Viviane, ma super équipière. Coralie, Doris, Mélissa, Lya, Manon… et d'autres que j'oublie de citer mais qui sont autant dans mon cœur.

Je remercie Cindy, infographiste de talent, pour son travail absolument magnifique sur la couverture de cette réédition.

Je remercie Fabrice Causapé, auteur talentueux que je vous recommande de découvrir et toujours prêt à soutenir les collègues.

Je remercie la Galerie Têt'de l'Art de Forbach, et son équipe de bénévoles, de m'avoir soutenue, encouragée et de m'apprécier. C'est vous les meilleurs.

Je remercie Éric, à qui j'ai fait la promesse de publier mes écrits. Tout ça, c'est grâce à toi.

Et enfin, vous mes lecteurs, qui m'avez poussée à tout repenser, tout réécrire pour vous proposer une histoire qui tienne mieux la route. Sans vous…, ben vous auriez toujours la première version, en fait. Donc merci !

À bientôt pour de nouvelles aventures livresques !

Retrouvez-moi sur les réseaux

Instagram : @myriamd_books

Facebook : Myriam Dhupar Auteure – Lectrice – Passionnée (page publique)

Site Internet : https://dhuparmyriam.wixsite.com/site

Me contacter : dhupar.myriam@gmail.com

Édition : BoD · Books on Demand GmbH, In de Tarpen 42, 22848 Norderstedt (Allemagne)

Impression : Libri Plureos GmbH, Friedensallee 273, 22763 Hamburg (Allemagne)

ISBN : 978-2-3225-5741-7

Dépôt légal : octobre 2024